Bo Bike

Mit dem Rad vor die Wand

2. Auflage; Januar 2009

Herstellung und Verlag: Books on Demand GmbH, Norderstedt

ISBN:978-3-8370-8503-7

Inhaltsverzeichnis

Mit dem Rad vor die Wand; Bo Bike

Vorwort

Die vorliegende Sammlung von Gedichten und Geschichten ist ein Projekt. Personen und Institutionen wurden frei erfunden, jede Ähnlichkeit mit lebenden Personen ist rein zufällig.

Das Fahrrad dient als ein Symbol, für die Beziehung zwischen Mann und Frau. Natürlich braucht es eine Lebensgrundlage, weshalb mehr dazu gehört als nur zwei Personen. Normalerweise sollte ein Fahrrad nicht vor die Wand fahren. Aber es ist nach einigen Jahren so gekommen, wie es nun gekommen ist. Das Rad wurde nicht neu erfunden, und es bedarf immer zwei Räder um ein Fahrrad zu bauen. Da gibt es einen der auf dem Fahrrad am Lenker sitzt, und wenn es nun vor die Wand gefahren ist, dann entweder weil der Radler abgelenkt war, oder weil der Lenker klemmte, oder weil da plötzlich eine Wand im Wege war.

Es hat mächtig gescheppert als das Fahrrad mit ziemlicher Wucht vor die Wand gerasselt ist. Der Radler hat die freiwerdende Energie des Aufpralls in Verse und Geschichten umgesetzt. Nachdem er für lange Zeit die Sprache verloren hatte, weil er sich auf das Zuhören konzentriert hat, und dabei seiner Ausdrucksfähigkeit nahezu beraubt war, hat er mit dem Schreiben eine Möglichkeit der Kommunikation entdeckt. Das Schreiben hat Ihn davor bewahrt, an der Wand zu zerplatzen. Dennoch ist natürlich die Zerstörung des schönen Fahrrades äußerst bedauerlich. Jedes Gedicht und jede Geschichte ist Resultat eines Energieimpulses beim Aufprall. Deshalb ist vieles provokativ, denn ein solcher Aufprall schmerzt sehr, bedeutet er doch einen Totalverlust. Es würde kein repräsentatives Bild entstehen, wenn man das Buch nach der Lektüre des ersten Teiles mit Liebesgedichten beiseite legen würde. Erst die Gesamtheit der Texte rundet das Bild ab.

Es gibt leider keine Aufzeichnungen über eine sehr spannende Zeit, in der der Radler mit dem Rad noch gut unterwegs war. Die Liebesgedichte sind natürlich Ausdruck der Suche nach dem zweiten passenden Rad. Die Liebe, über die der Radler gern geschrieben hat, hat viele Gesichter und die vorliegenden Beschreibungen erheben keinen Anspruch auf Vollständigkeit.

Dann sind da eine Reihe von Geschichten und experimentellen Texten. Dazu gehören auch der Versuch Antworten auf offene Fragen zu finden, weil das Ende an der Wand einfach zu unglaublich erscheint. Manches befasst sich mit der Frage nach der Legalität von Vorgängen, die in dem Buch aus einer subjektiven Sicht beschrieben werden. Der Radler bricht hier sein Schweigen und stellt in dem Buch die Frage nach dem Zulässigen und der Verantwortung. Es bleiben viele Fragen offen, die auftauchen, wenn es um die Ursache des Unfalls geht. Und natürlich klafft jetzt ein beträchtliches Loch im Geldbeutel des Radlers.

Da etliche Personen involviert waren in die fiktiven Geschehnisse, könnte das Buch von Interesse sein, und der Radler möchte seine Sicht der Dinge nicht vorenthalten.

Frankfurt am Main im Januar 2009, Der Herausgeber

Teil I: Liebe

Hallo Du Schöne

Hattest Du gehört von einem, der sich sehnt?
Hast Du gehofft Ihn zu gewinnen?
Hättest Du gewollt, dass er sich an Dich lehnt?
Gib Ihm ein Zeichen, sonst wird Dein Glück zerrinnen!

Glaub nicht, Du wärst vielleicht allein,
denn er sieht täglich hundert Köpfe.
Willst Du die Frau in seinem Kopfe sein,
zwinkere ihm zu, und öffne einen deiner Knöpfe.

Sehnsucht

Manchmal beschleicht ihn ein Gefühl,
er möchte sich hinlegen und heulen.
Von außen betrachtet bleibt er kühl,
steht auf zwei Beinen wie auf Säulen.

Es bricht ihm das Herz, dass er nicht gefunden hat, Dich Schöne.
Knapp zehn Meter nur bist Du an ihm vorbeigegangen,
Dein Gesicht, und die Figur sind klangvoll hell wie Töne.
Gesehen hat er Dich sehr wohl, und war doch in sich selbst gefangen.

Wer ist er denn, was kann er bieten, was Dir gefällt,
gefangen lebt er, eingepfercht in eine enge Welt.
Wer schön ist, so wie Du, der will noch was vom Leben,
all das, so glaubt er, kann er Dir nimmer geben.

Ein Sommer mit Ihr

Er weiß nicht mehr, wie das Wetter an jenem Tag war,
das spielt auch keine Rolle mehr, denn es war kein Tag wie jeder andere.
Alles war anders an diesem Tag, alles war offen.
Er nahm sich Zeit und tat Dinge, die er sonst nie tat.

Es liegt eine Botschaft in ihrer Haltung,
sie ist schön, aber es ist Ihr Gang!
Als er sie sieht, macht sein Herz einen Sprung,
er folgt ihr und holt sie ein.

Ob sie wisse, wo man hier etwas trinken könne,
„am Brunnen vielleicht oder im Kur-Café "?
Ob er sie einladen dürfe, auf ein Glas,
er darf, also kommen sie ins Gespräch.

Dichtes schwarzes Haar umrahmt ein schönes Gesicht,
rehbraune dunkle Augen, die aus der Tiefe leuchten.
Ihre vollen roten Lippen glänzen, wenn sie lacht,
dann ist ihr Gesicht durchwoben, von Heiterkeit.

Sie geht schnell entschlossen,
ihre Bewegungen sind elegant, fließend, die Bewegungen einer Frau.
Oder sie schlendert langsam, figurbetont,
mit einem abrupten Richtungswechsel, wenn etwas Ihr Interesse weckt.

Sie ist nicht groß, doch ihre Figur ist ein Versprechen,
an den Übergängen wohldosiert abgerundet.
Sie wirkt kraftvoll, und zugleich warm und wach,
wenn sie sich anlehnt, ist sie zart und genießerisch.

Zwangsehe

Nimm den Ring, komm schluck die Kröte!
Geschenktem Gaul schaut man nicht ins Maul!
Ist Sie nicht schön die Braut, ach Du weißt noch nichts?
Ja wir dachten, Du wüsstest Bescheid, alles ist arrangiert, mein Lieber!

Reicht mir den Benzinkanister, und das Feuerzeug!
Der Spuk muss endlich ein Ende haben,
ja, meine Liebste, ich brenne für Dich!
Den Tag wirst Du nie vergessen!

Frauen und Prinzen

(Die Königin)

Sie hat Ihre Standpunkte,
verständlicherweise, denn sie ist die Prinzess in Town.
Er muss zumindest zu einhundertachtzig Prozent,
auf Ihr Erscheinen reagieren, spontan aus dem Stand.

Denn keine ist wie sie,
aber nur Ihr Erscheinen darf seine Reaktionen auslösen.
Unter Tausenden muss er Sie erkennen, nur sie natürlich!
Alles andere wäre nicht angemessen.

Er muss sie einfach ansprechen,
und am nächsten Tag mit Rosen vor Ihrer Tür stehen.
Denn er kann ja Ihre Gedanken lesen, soviel kann sie doch verlangen!
Darum wartet sie auf Ihn, sie wartet, wartet, und wartet!

Sollte er nicht vermögen Ihren Erwartungen zu genügen,
dann ist der Prinz wohl nur ein Frosch,
und sie wirft Ihn in den Mixer, denn Sie hat die Macht,
und wundert sich, dass alles rot wird!

Du

Es ist die Sucht, Dich zu sehen,
Deinen Körper und Dein Gesicht.
Ich sehne mich nach den intimen Details,
die mich süchtig nach Dir machen.

Du fängst meinen Blick mit einer Bewegung ein,
er bleibt haften, umspielt Dich.
Deine Gestalt verspricht, mein Verlangen zu sättigen,
es lockt Dein Blick, der mich trifft wie ein Pfeil.

Ich erlaube mir, Dir zuzusehen, ergebe mich Deinem Zauber,
falle in Dich und Du fängst mich auf.
Deine Hand schlägt eine Brücke,
Deine Arme fangen an zu tragen.

Du

Sitzt lachend neben mir auf der Bank,
zusammen blicken wir weit übers Land.
Vertraut legst Du Deinen Kopf auf meine Schulter,
mein Arm umschließt und hält Dich fest.

Mit Dir lauf ich durch sonnige Weinberge,
zusammen finden wir einen Weg.
Meine Hand schiebt sich in Deine Gesäßtasche,
Du ergreifst Sie und hältst Sie fest.

Flüchtig sind die Momente, sie treiben,
wie die Wolken im Wind, nichts kann sie halten.
Mir wird klar, dass ich Dich nicht halten kann,
wie zwei Planeten waren wir zufällig, zur selben Zeit am gleichen Ort.

Sättigung

Es ist grau geworden,
elend ist mir, bis an des Kraters Rand.
Grau und kraftlos ist das Licht.
Trost findet der Schimmel im Kaffeefilter,
die Zersetzung hat sich eingefressen.

Die Gedanken finden Dich herbei,
Dein Bild taucht aus dem Dunkel auf.
Deine Worte und Dein Körper versprechen,
eintauchen in Deine Mitte will ich.
Die Sehnsucht schmeckt die Lust herbei.
Du lädst mich ein, in das vollkommene Vergessen,
ich trinke begierig von deiner Hingabe,
alles löst sich, und die Zerstörung ertrinkt.

Gegenstück

Ihre Schönheit raubt den Atem,
die Augen verstrahlen einen Glanz,
sind gefasst in symmetrische Formen.
Es leuchtet geheimnisvoll aus der Tiefe.

Es ist wie die Magie eines Duftes,
als könnten diese Augen sprechen,
und erzählten Geschichten,
sie verraten viele kleine Geheimnisse.

Wenn er sich loslöst, von sich selbst, um sich aus der Distanz zuzusehen,
wird Ihm plötzlich bewusst, und die Eingebung lässt Ihn Schweben:
Sie ist das Gegenstück, das Ihm fehlt,
die andere Hälfte, deren Existenz ihn erst abrundet.

Sie zu finden und zu wissen, dass sie Ihn will,
würde ihn zum glücklichsten Menschen machen.
Seinem Lebenshaus würde ein Garten hinzugegeben,
dessen Blütenparadies einlädt, darin zu lustwandeln.

Eis an Weihnachten

Weihnachten glitzert der Sterne Licht,
es bricht sich im Eis auf der Strasse.
Die Wege sind spiegelnd glatt gefroren,
vorsichtig ertastet jeder Schritt den nächsten.

Das Dunkel liegt über der Stadt,
nur der Mond verbreitet ein fahles Licht.
Alles liegt in einem kalten Schlaf,
die Träume des Sommers sind erfroren.

Wer weckt sie auf, die schlummernde Glut?
Wo ist ein warmes Nest zu Hause?
Welches Herz schlägt noch ohne Echo?
Unter welchen Federn findet sich Platz für zwei Paar Füße?

Zimmer unterm Dach

Wir zwei unter einem Dach:
Im gemütlich warmen, eingefärbten Licht,
haben Deine geschickten Hände, ein Liebesnest geschmückt.
Du verstehst es, ein Heim zu zaubern,
das eine unbehauene Seele befriedet,
mit der Zartheit einer Frau.

Lustritt

**Habe Dir was ins Postfach geschoben,
für den intelligenteren Sex :**

Schmecken möchte ich,
Haut mit Honig,
will Dich versüßen.
Darf ich naschen,
vom Kopf bis zu den Füßen ?
Besonders zart wird´s in der Mitte,
mag ausdauernd dort Dich küssen,
bevor wir zwei mit festem Ritte,
den Gipfel einmal, zweimal haschen.

Sehnsucht

Meine Seele sucht Deine Seele,
erfroren liegt sie auf der Strasse.
Sie rettet sich in das Dunkel,
in die Kanäle, in denen der Tod modert.

Falsche Schlangen winden sich am Boden,
und zischen fauchend den Hass.
Auf angekettete Kreaturen schlagen die Kuttenträger ein,
dass Ihnen das Blut von den Kreuzen rinnt.

Einsam durchwandert die Seele,
durchwatet das Blut der gefolterten Träume.
Zitternd und gepeinigt durchstreift sie dunkle Labyrinthe,
in denen sie den angeketteten Schatten ihrer verlorenen Zukunft begegnet.

Zerbrochen

Es gibt einen Bruch,
alles liegt da wie tot,
die Liebe ist zerbrochen.
Es ist der Einbruch der Nacht!

Der Tod diktiert das Ziel mit Macht,
die Zerstörung, die Falle, den Untergang.
Fürsorglich schmeichelt er sich ein,
sanft streckt er seine Fühler aus!

Die Zermürbung greift feste zu,
die Falle schnappt, ein Schrei!
Die lange Nacht ist da…..
der Tod trägt die blutige Sichel in der Hand.

Spiel doch ein Lied von der Liebe

Die Liebe ?
Gemeuchelt liegt sie im Gras,
wonach gierige Mäuler sich,
das Blut von den Händen lecken.
Nachdem sie die Leiche ausgeweidet,
und sich satt fraßen, an ihren Eingeweiden.

Der Engel auf der Brücke

Morgens im Dunkel der Nacht,
hastet ein Mensch an mir vorbei,
hebt nicht den Blick und läuft davon,
um den Zug noch zu bekommen, denk ich mir.

Als ich mich umdrehe,
sehe ich, dass Sie ein Engel ist.
Ein Engel aus Fleisch und Blut,
mit langen dunklen Haaren.

Traum?

OK, ich hatte da einen Traum,
nichts irrationales, utopisches.
Nein, eher etwas ganz gewöhnliches, normales,
aber eben doch nicht alltäglich, sondern irgendwie besonders.

Leben, halt, aber keine Angst, ich fange nicht wieder damit an,
Ich meine mit dem Träumen, das ist passé.
Realitäten sind gefragt, und es muss doch möglich sein,
zu zweit leben meine ich, ohne Netz und doppelten Boden.

Da muss nur einer sagen, ja ich auch!
Das kann so schwer nicht sein, oder?
Da gehen zwei aufeinander zu, auf zwei Beinen, wie denn sonst?
Treffen sich in der Mitte und geben sich, ...die Hand!

Einsam

Rollt ein Schatten auf dem Fahrrad die Strasse entlang,
an geschlossenen Türen vorbei, vorbei an Miss Moral,
die auf Stöckelschuhen mit halbnacktem Arsch,
ihre Gerte schwingt, Wort um Wort.
Der Schatten radelt steil bergauf mit blauer Kraft,
um auf dem Gipfel wie sinnlos vornüber,
ins Leere zu kippen.

Allein

Laufen die Tropfen im Innern die Scheibe hinab,
bevor sie wie Träume zu Boden fallen und platzen.
Die Lichter sind schon aus,
nur der Mond gleißt noch am Himmel.

Schwerelos ohne jedes Zeitgefühl gleiten die Wolken vorbei,
federleicht ohne Widerstand schweben sie.
Der Mondschein schimmert eingehüllt wie eingeschläfert,
das Licht verstirbt ohnmächtig in der klirrenden Kälte.

Liebeslied

Mein Lied gilt Dir, Du Schöne,
denn die Lust, die sich an Dir entzündet,
ist Quelle der Freude und heißeste Glut.
Ohne Dich mag ich nicht leben, Du Schöne,
denn das Feuer das Du entfachst,
wärmt mir ein erkaltendes Herz.

Weise Frauen

Jedes Wort, jeder Brief,
jeder Schritt, jeder Blick,
jede Bewegung friert im kalten Licht,
jede Richtung verdreht sich im Spiegel.
Der Blick wird unzählige Male gebrochen,
bis er in der blinden Scheibe erlischt.
Was einst lebte liegt zerbrochen,
nur die weisen Frauen lachen voller Liebe.
Das kalte Licht ihrer Augen töten wissend.

Trauung?

Leer geweint sind die Augen, ausgeträumt,
die Brust erstarrt der Regung los.
Erkältet ist das Rot des Herzens,
es trauen sich die Träume nicht.

Frau

Warte nicht auf ein Wunder, denn es gibt so viel!

Sprachlos und passiv!
Faul oder ahnungslos?
Was du versäumst, wirst Du erst wissen,
wenn Du auf der Bahre liegst – für immer!

Warum?

Schenk ein Lächeln, einen Blick,
schenk ein Wort, es kommt zurück,
geh einen Schritt, ich gehe zwei,
schenk einen Blick, ich bin dabei.

Ich such Dich doch! Ich will Dich finden!
Warum schweigst Du! Verbirgst den Blick?

Viele Jahre Ehe

In vielen Jahren einer Ehe,
haben wir geliebt und gelacht,
haben wir geglaubt und uns glücklich gemacht,
haben wir gestritten und uns versöhnt.

In vielen Jahren einer Ehe,
haben wir aneinander vorbei gelebt,
haben wir uns nicht verstanden,
sind wir uns fremd geblieben.

In vielen Jahren einer Ehe,
sind wir uns treu geblieben,
haben wir zusammengehalten,
haben wir zwei Kinder gezeugt.

In vielen Jahren einer Ehe,
zwei Geburten, die erste schwer, die zweite schnell,
zwei liebreizende kleine scheißende Engelchen,
zwei Laufen lernende spielende Kinder.

In vielen Jahren einer Ehe,
und einem schuftenden Mann,
und mit Wochenenden im Grünen,
und mit Urlaub am Meer.

In vielen Jahren einer Ehe,
auf der Suche nach Gemeinsamkeiten,
mit Umzügen von Stadt zu Stadt,
mit schweren und mit schönen Tagen.

Nach vielen Jahren einer Ehe,
da hat sie Schluss gemacht,
da war mehr Krieg als Frieden,
da ist sie ausgestiegen.

Nach vielen Jahren einer Ehe,
da gibt es noch zwei Kinder,
die haben das Ende überlebt,
als Zeugen der vielen Jahre.

Nach vielen Jahren einer Ehe,
ist diese dann zerbrochen,
und hat ein Schlachtfeld hinterlassen.
Wo finde ich jetzt grünes Land?

Die Spindel

Als ich auf der Suche war,
da warst Du da und hast mir,
von Dir gegeben,
Du hast mich gelockt.

Ich bin in Dich hineingefallen,
und habe Dir meine Wärme geschenkt,
meine Träume mit Dir geteilt,
und Dich reichlich glücklich gemacht.

Halt, in Dir hab ich einen Halt gefunden,
und warte, Du kannst doch jetzt nicht einfach gehen.
Ich schreibe um Deine Liebe,
denn meine Zellen haben die Deinen gekostet.

Und da hat sich eine Spindel gebildet, aus dem wir.
Gesponnen aus Erinnerungen und Bildern,
an gemeinsame Tage und Nächte, gelebte, durchliebte,
nun reichlich vermisste Berührungen und Dialoge.

Zusammen sind wir gelaufen durch grüne Täler,
haben gemeinsam Gipfel erstürmt, hohe und flache,
gegessen und getrunken von den verborgenen Früchten,
den Süßen und den Kernigen.

Das alles kann doch nicht zerbrochen sein, an gekürzten Mitteln,
am Loch im Konto, und den Rechnungen auf dem Tisch.
Die Zellen sind durstig und Träume sind doch noch übrig,
halt, Du kannst doch jetzt nicht gehen!

Das Leben

könnte so einfach sein,
wenn Du und ich uns in der Mitte
getroffen hätten, dann wären Du und ich
jetzt unterwegs in einem Boot.

Statt dessen, zogen Du und ich es vor,
uns nicht zu begegnen, sondern aneinander vorbei zu gehen,
so dass Du und ich, jeder in einem Boot,
und allein für sich, statt zusammen, den Elementen trotzt.

Wann geben wir dem wir eine Chance?
Du und ich, die wir es vorzogen, jeder für sich allein,
eigene Wege zu gehen, wofür und warum,
haben wir das Leben aufgeteilt in kleine Stückchen.

Aber ist es noch ein Leben ?

Die Suche

Er hat sich aufgemacht, die Liebe zu suchen,
und Er bleibt auf ihrer Spur!
Er habe sie nicht gefunden, in vielen Jahren einer Ehe,
die zum Schlachtfeld wurde, als einer kündigte.

Doch ohne die Liebe stirbt Er von innen,
friert ein, wird zur Maschine.
Er fühlt einen eisigen Tod,
es wird unerbittlich kalt.

Er hat sie nicht gefunden,
in Kirchen, Klöstern, aus totem Stein,
nicht in erstarrten Ritualen, Formeln und Gebetsmühlen,
nicht in heiligen Figuren, zur Säule erstarrt.

Er hat sie gesucht, in einer Familie,
starr, wie eine Diktatur.
Er hat sie gesucht bei einem Vater,
unerbittlich, wie Granit.

Er habe sie gefunden, in den Armen einer Frau,
und in den lachenden Augen, der eigenen Kinder.
Er habe sie gefunden in der liebevollen Umarmung,
und im nächtlichen Geflüster unter der Bettdecke!

Du

Ich bin noch auf Deiner Spur,
unkonventionell? Was ist hier Konvention!
Habe das Du nicht aufgegeben,
warte auf die richtige Gelegenheit.

Werbe um Dich, wann ich will,
halte Ausschau und horche in mich.
Der Frühling hat die Sehnsucht geweckt,
bleibe in Deckung, sammle mich.

Bin bei mir selbst Zuhause,
aber wach und schlafe nicht.
Die Erleuchteten mögen in Ihren Gräbern modern,
oder hinter Mauern kreiseln, nicht mein Ding!

Ich bin ein Kandidat für das Du.
Dein Interesse vorausgesetzt, suche ich Dich.
Möchte Dich kennenlernen und mehr, na logo.
Habe ein Auge auf Dich, oder auch zwei.

Das kann nicht alles sein

Ich möchte mit Dir den Tau einsammeln,
suche die Freundin und Geliebte.
Leben will ich mit Dir die Tage,
lieben will ich Dich in den Nächten.

Zusammen backen wir Patchwork Pizza,
oder wir kochen erotische Nudeln.
Wir bereisen die blauen Strände,
und wandern zu den weißen Gipfeln.

Radfahren muss ich erst lernen, hab keine Ahnung davon.
Wo finde ich Dich? Magst Du Kinder?
Lass uns träumen und verhandeln.
Gib mir Deine Liebe, ich gebe Dir mein Herz.

Feuersfrüchte

Du könntest jetzt hier bei mir liegen,
ich würde Dich in meine Arme nehmen.
Musst Dich nicht für mich verbiegen,
wie wär's, wenn wir uns näher kämen.

Ich sähe die Schönheit Deiner Haut,
mag Dich mit Küssen überdecken.
Du gibst Dich hin, wirst mir vertraut,
ich würde mich nach Deinen Kurven recken.

Mit Lust streckst du Dich meiner Hand entgegen,
entfachst die Hitze, wenn ich nach Dir greife.
Wir zwei, das fühlt sich an wie warmer Regen,
wie Feuersfrüchte, die unter einer Decke reifen.

Der süße Strom nimmt uns mit auf die Reise,
ich schmecke Dich, und Du schmeckst mich, unendlich wird die Zeit.
Wir finden uns auf wunderbare Weise,
dann liegen wir umschlungen da, ein jeder von sich selbst befreit.

Sternschnuppe

Aus dem Autoradio tönt eine verführerische Frauenstimme:
Ich möchte wie eine Sternschnuppe in Deine Arme fallen!

Der Mann im Auto schaut nach oben, dort ist alles blau.
Er breitet die Arme aus, spürt nur den Wind,
der ihm durch die Finger gleitet.
Er spitzt die Ohren, aber kein Flüstern verrät Ihm,
wie Sie das gemeint hat.
Da kommt Ihm eine Frau entgegen, sieht ihn kurz an.

Er denkt: Sie ist ein Stern!
Sie denkt: Er ist mir schnuppe!

Im Spiel

Erschließen sich mir Deine Reize,
Dein Körper blüht wie eine Blume.
Mit kleinen harten Knospen und tiefer Blüte,
die heimlich aufblüht am Morgen.

Nach einem spielerischen Start,
zieht es mich in die Küche um zu zaubern,
ein Frühstück für zwei im Freien zu nehmen,
unter dem frischen Grün der Bäume,
in der angenehmen Kühle.

Ich habe das Spiel geliebt,
Die Blüte nicht gepflückt!

Das Herz in der Hand

Da steht er da, vor Ihrer Tür,
er kennt sie nur vom Sehen.
Wie sie mit Ihrem flotten Cabriolet,
immer an Ihm vorbei, durch seine Straße rauscht.

Er zögert, geht an Ihre Tür und schellt.
Der Schreck durchfährt Ihn genau in dem Moment,
als sich Ihre Türe für Ihn öffnet!
Er hat den Text nicht mehr, und das Herz in der Hand!

Tausend Gedanken schießen Ihm durch den Kopf!
Er könnte von Ihrem Auto anfangen, nein wie absurd.
Was also sagen, wie die Situation erklären, er kennt sie nicht einmal.
Wenn er sagte, „Sie sind eine interessante Frau…“,

und „… ich würde Sie gern kennenlernen…“ oder so?
Entweder sie fände es nett, wahrscheinlicher wäre,
sie hielt Ihn für einen kompletten Idioten!
Wer stellt sich schon an die Tür einer schönen Unbekannten,

und steht dann da ohne Text, und mit dem Herz in der Hand?

Liebeslied

Ich habe Dich noch nicht gefunden,
doch ich möchte mit Dir leben.
Hast Du mich bemerkt?
Wir sind aneinander vorbeigelaufen.

Wenn Dein Lied sich mit meinem verbindet,
kann das ein Gewinn für beide sein.
Ich möchte von Dir hören was Du denkst,
will Dir sagen was ich empfinde.

Mit zartem Berühren will ich Dich locken,
nehme langsam einen Arm oder ein Bein,
in meine Hände, spielerisch, zeitlos,
gebe von mir, wonach Du greifst!

Wir zünden uns ein Feuer an und hüten es gut,
lassen es brennen, wenn uns danach gelüstest.
Unser Feuer soll nicht ausgehen, es soll glimmen,
um dann in den Nächten, besonders im Mai hell aufzulodern.

Gib mir ein Stück von Deinem Leben,
ich gebe Dir ein Teil von meinem.
Lass uns zusammen den Versuch wagen,
uns aufeinander einzulassen.

Der Fremde

Sie begegnet Ihm auf der Straße,
„Gehen wir ein Stück zusammen?"
„Ja!", er nickt, „Wir haben denselben Weg!".
sie gehen nebeneinander, schweigend.

„Ich kann Autos nicht leiden!", sagt er,
„Sie versperren einem die Sicht auf die Dinge!".
Sie sieht ihn von der Seite prüfend an,
„Was willst Du sehen?", fragt sie zurück.

„Ich weiß nicht", er zögert, blickt an Ihr herunter.
Sie lacht laut auf, ist sich Ihrer Sache sicher!
„Komm mit", sagt sie, „ich zeig Dir was!".
Das Eis ist gebrochen, und er fängt an zu reden.

Sie hört zu, wie er von sich selbst erzählt,
und wie zufällig berühren sich Ihre Hände.
Da fühlt sie, wie er Ihre Hand festhält,
es ist nicht unangenehm, seine Hand ist einfach da.

Sie nimmt Ihn mit nach Haus,
ein letzter prüfender Blick, dann schließt sie die Türe auf!
Sie kann seine Neugier förmlich spüren,
erfreut sich der Wirkung, die Ihr kleines Reich auf Ihn macht.

Er ist gefangen von Ihrer Art sich zu bewegen,
und sie genießt seine volle Aufmerksamkeit.
Sie lädt Ihn ein zum Essen, und er entschließt sich zu bleiben.
Es assistiert Ihr beim Kochen, deckt den Tisch für zwei.

Es ist genug da, für beide – er taucht ein in Ihre Welt.
Die Gespräche bei einem Glas Wein werden vertrauter,
es ist, als ob sie sich schon lange kennen.
Die Atmosphäre, in dem von der Abendsonne durchfluteten Raum, ist völlig entspannt.

Ein schrilles Vogelzwitschern und der Sonnenstrahl,
der langsam über die Decke kriecht, weckt beide auf.
Sie liegen nebeneinander, ineinander verschlungen.
Als er sie ansieht kribbelt Ihr die Haut, dass sie lacht.

„Es stimmt alles", denkt sie, „ich bereue nichts!",
„Wenn Du willst, kannst Du bleiben", sagt sie ,
„Ja", sagt er und nickt: „Jetzt ist alles in Ordnung".

Mit dem Rad auf der Pirsch

Da eben sehe ich sie durch das offene Fenster,
sie ist eine Frau mit dem Gang eines Pumas!
Statt durch die Straße zu gehen, schleicht sie wie eine Wildkatze,
an der Hand im Einkaufsbeutel wippt die Beute bei jedem Schritt!
Ich laufe aus dem Haus hechte zum Rad, springe auf…
So schnell ich kann hinterher, an der Ecke ist sie links abgebogen…
Als ich zurück nach Haus komme, ist der Kühlschrank leer geräumt,
„Einen schönen Gruß vom Puma", steht mit rotem Lippenstift an der Kühlschranktür!

Erdbeeren

Am liebsten esse ich Erdbeeren am Gardasee,
ein Schlückchen Prosecco dazu, aus Deinem Bauchnabel?
Wenn der Nebel noch feucht über dem Wasser liegt,
die Sonne die Wolken ertastet, und Deine Konturen Schatten werfen.

Wenn Deine Augen noch geschlossen sind, Dein Körper unter der warmen Decke,
Du dich dann regst, die Decke zurückschlägst nach mir tastend,
erstaunt atmest Du den Rosenduft, blickst Dich vergeblich um,
weil ich nicht da bin, aufgrund eines Lecks in der Kasse!

Tanz des Lebens

Sie ist eine Gute, schön und herzlich,
ihre Arme sind offen, Ihn zu empfangen,
ein Körper, der noch allein,
die Musik des Lebens tanzt.

Sie ist auf der Suche nach Ihrer Melodie,
wer begleitet diesen Rhythmus aus Fleisch und Blut,
fühlt sich ein in Ihren Takt,
in ein offenes Leben, eine frische Zukunft.

Sie will einen mit Tiefgang,
einen, den sie gut riechen kann,
er sollte Ihren Takt verstehen,
die Musik begleiten, die sie ins Leben tanzt.

Einer, der ihr seine Tonsequenzen gibt, um
im Gleichklang mir Ihr, die Nächte zu durchtanzen,
am Tage macht er Ihr den Bass,
und zusammen können sie mit Ihrem Hit,

die Welt ein wenig verzaubern.

Frauenverbund

Das Stille-Post-Kontinuum: Wir kriegen Dich schon klein

Ich bin die Frau, die Dir sagt, wer Du bist!

Na warte Kleiner, ich kriege Dich.
Ich weiß immer wo Du bist,
und dass Du nur darauf wartest, mich zu lieben.
Meine Liebe kennt kein Entrinnen.

Ich folge Dir auf Schritt und Tritt,
lese Deine Briefe, belausche Deine Stimme.
Ich weiß alles über Dich, Bücher die Du liest, Deine Träume,
Du wirst mich noch lieben, Du wirst schon sehen.

Es wird feucht zwischen meinen Schenkeln,
wenn ich an die Liebe denke, die wir teilen werden.
Ich werde Dich glücklich machen, erbarmungslos glücklich.
Ich nehme Dir alles, und Du wirst nur noch mich lieben.

Frauen und Äonen

Da ist die Eheliche, die vor Zeugen gelobt hat:
„Treue bis das der Tod Euch scheidet"
Die hat es sich anders überlegt,
Beziehungspause, nach etlichen Jahren.

Zwei Kinder hat sie mitgenommen, für immer.

Er hat die „ewige Liebe" sterben sehen,
hat gesehen, wie sie in Ihren Augen erloschen ist.
Das Bild hat sich tief eingeprägt, da ist etwas in ihm zerbrochen.
Vom Schmerz der Kinder hat er dann später gehört.

Deren Hypothek an seinem Herzen ist eingetragen.

Da ist dann die Schöne, viel später hat er sie kennengelernt.
Ihre Liebe hat er sich erträumt, erhofft.
Bei dem Versuch sie zu erreichen hat er sich weit vorgewagt.
Sie hat das nicht für sich behalten.

Wie ein Buschfeuer läuft ein Gerücht und verbrennt am Ende Ihn.

Die Sache zieht weite Kreise und trifft auf ihn zurück.
Ihre Lockung wird berechnend, kalt wie Eis.
Ihre Liebe hat er nie gesehen, alles war ein Spiel.
Die Karriere hat Sie gemacht und seine eingerissen.

Bitter schmeckt die Asche, die zurückbleibt.

Und dann sind da viele Frauen, das Leben wird offen,
schöne Gesichter mit warmer Stimme,
schöne Gestalten mit begehrenswerten Formen,
unerreichbar, schnell, wie flüchtige Wahrnehmungen ziehen sie vorbei.

Sie hinterlassen eine Spur der Sehnsucht nach Schönheit.

Er begibt sich auf diese Spur, um Ihr zu folgen,
doch was sagen, wie den richtigen Ton treffen?
Denn Schönheit macht ihn sprachlos, lässt ihn verstummen.
Er verpasst den Moment, und Räder fahren an.

Wie soll er seinen Pfeil schießen, um die Schöne ins Herz zu treffen?

Plötzlich ist da die Frau die ihn liebt,
sein Pfeil trifft, er rennt alle Ihre Türen ein.
Eine Liebe wie er sie nicht gekannt hat, erst unglaublich zart,
dann brennend stark, unwiderstehlich wie der Tod.
Ihre Liebe loderte hell, manchen Schmerz hat sie getilgt.

Doch die Wirklichkeit holt diese Liebe ein.

Der Verlust wiegt schwer….
…. und alles weitere ist ungeschrieben

Gabi Goldschmidt

Ihr Mercedes rollt die Strasse entlang,
und mit einem Schwung steigt sie gestylt aus dem Wagen.
Sie trägt den letzten Schrei auf dem makellosen Körper,
und ein perfektes Gesicht mit einem wohldosierten Lächeln.

Sie hat Karriere gemacht und dabei alles gegeben,
denn sie trägt die Waffen einer Frau.
Sie weiß was sie will und das bekommt sie,
beim Chef hat Sie einen Stein im Bett.

Wenn sie mit Ihrem ….. wackelt

Was hat sie dagegen, wenn er ihr hinterher sieht?
Also, wenn eine Frau die mit solchen Rundungen begabt ist,
eben damit Punkte sammeln kann, soll sie doch punkten.
Das heißt ja noch lange nicht, dass er sie darauf reduziert.

Man stelle sich vor, dass nur Salzstangen durch die Straße laufen,
das wäre ziemlich eindimensional, also lieber 3D.
Alles wäre doch sehr spröde, es darf sich ein wenig was bewegen,
die Augen essen bekanntlich mit, manch einer gefällt' s

Es kann doch vorkommen, dass eine, die nicht auf den Kopf gefallen ist,
auch sonst Profil zeigen kann, welch Glücksfall wenn sie damit ins Rennen geht.
Da würde sich manch einer in die Fankurve stelle, und gern mal zusehen.
Das ist doch alles andere als langweilig, da steckt Spannung dahinter, rein neuronal.

Sie, die die dritte Dimension verkennt, unterschätzt Ihre Möglichkeiten,
und wenn es privat ein bisschen knistert in den Neuronen,
ist das doch besser als 360 Tage Eintopf, das hält doch niemand aus.
Was ist dagegen zu sagen, wenn sie mit Ihrem ….wackelt, ist doch eine Frage der
Natur.

Hero

sie wünscht sich den Hero,
aus dem Barbie Alter ist sie raus,
aber einen Schönen will sie,
einen mit Geld und Erfolg.

Witzig muss er sein, unterhaltsam und nett,
und auf Händen trägt er sie natürlich,
liest Ihr jeden Wunsch von den Augen,
sein Himmel ist sie, das gefällt ihr.

Darum umgarnt er sie mit seinem Charme,
erliegt Ihrer Schönheit und sinkt in Ihre Arme.
Ihre kleinen Zeichen hat sie ausgestreut,
jetzt wartet sie auf den großen Fisch.

Darum sitzt sie jetzt jeden Tag am TV und träumt Ihren Traum,
dort ist sie ein paar Stunden bei Ihm, Ihrem Hero.
Der ist Arzt, Rechtsanwalt oder Kommissar,
genau der muss es sein, sie schmilzt dahin.

Jetzt macht sie das Licht aus, er ist noch bei Ihr,
der Film geht weiter in Ihrem Kopf.
Wenn das Lischt aus ist träumt sie Ihren Traum,
dann ist er bei Ihr und alles ist vergessen.

Vom kleinen Sex für Dazwischen

Wenn die Tage kürzer werden,
und die Luft vor Kälte klirrt,
dann klopft er an,
der kleine Sex für zwischendurch.
Er springt den Damen vor mir,
wiegenden Schrittes und gut gebaut,
so mir nichts, dir nichts,
aus der ledernen Tasche.
Läuft mit vor die Beine,
dass ich fast drüber falle.
Ganz schön frech der Kleine!
Am besten schmeckt er wohl,
so hörte ich kürzlich,
an einem langen Wochenende.

Das Häutchen der Mandarine

Die Nächte geraten aus dem Rhythmus,
wenn der Mond sein Licht in den Schnee wirft.
Tausende Lichter von Kerzen, elektronische und echte,
zwinkern Ihr Licht in das Dunkel der Nacht.

Die Zeit der Ankunft wird in Lichtern gezählt,
eins, zwei, drei, vier, Kerzen auf tannigem Grün.
Jeden Tag öffnet er eine Türe und zählt,
zwei Duzend Tage bis Sie kommt!

Ihr Versprechen klingt in seinem Ohr,
wie das Glöckchen zur Bescherung.
Ich schenk Dir, hatte sie geraunt,
zum Feste, Granatäpfel und zarte Mandarinen!

Erotischer Akzent in Orange/Grün

„Setzen wir einen Akzent!", sage ich.
„Die Orange", sagst Du, "die mit dem Häutchen".
„Langweilig", sage ich, „die hatten wir schon",
„Die liegen doch jetzt überall auf den Tischen".
„Was liegt nicht herum, was zum spielen?", fragst Du.
„Eine Avocado", sage ich, „Gut zum spielen!",
„Hmmm, eine anspruchsvolle Form und schmackhaft", sagst Du.
„Mit samtigem Kern in zarter Creme, extrem gleitfähig", sage ich.
„Die Analogie steht", bemerkst Du, „wohin führt das?",
„Wohin Du willst!", erwidere ich, „Sei doch mal flexibel!".
„Aber nacheinander, darauf bestehe ich", sagst Du.
„Neugierig bist Du schon?", frage ich. „Die Frucht schmeckt auch dazu",
„Etwas Neues hatten wir schon lange nicht mehr", findest Du.

Wir setzten den Akzent.

Hallo

Bist Du es meine Freundin,
meine Schöne, die ich um mich haben will?
Jeden Tag will ich Dein Gesicht sehen,
möchte Deine Haut fühlen, Dich riechen!

Warum bist Du mir entflohen,
auf und davon wie ein zarter Vogel, in eine andere Welt.
Du hattest Deine kleinen Zeichen ausgestreut,
die so fein gewebt sind, dass ich sie übersah!

Nun bist Du entschwunden,
und alles ist so ungelenk und grob geworden.
Deine Zeichen hast Du mitgenommen,
ich finde nicht mehr den Eingang in Dein Labyrinth!

Es ist schon dunkel geworden,
zu spät um noch aufzubrechen in den kalten Nebel.
In der Kammer einsam unterm Dach,
glimmt leise noch der Docht im Warmen!

Der geheimnisvolle Brief

Damit hatte ich nicht gerechnet,
sah ich ihn doch Morgens am Bach,
in einer Flasche, als ich auf der Brücke stand.
Die Post in der Flasche trieb am Ufer.

Ich zog die phantasievolle Post aus dem Wasser,
rettete das Dokument, indem ich die Flasche zerbrach.
„Einladung" zum Sommerfest stand da,
komm um zehn auf meine Veranda.

Auf der Rückseite eine kleine Skizze,
ein grüner Gürtel, ein Haus mit einem Fisch am Wasser, ein Feuer, eine Tanne.
Das Petrihaus im Brentanopark! Klar!
Ich werde da sein zum Sommerfest.

Im Sommer fahr ich mit dem Rad,
zum Haus im Brentanopark.
Der Tisch ist gedeckt, der Kaffee duftet,
ich rieche den Duft vom anderen Bachufer aus.

Doch niemand ist zu sehen, die Tür steht offen,
keiner da, nur Kaffee duftet und der Tisch ist gedeckt.
Als ich fahre, sehe ich Ihre Figur im seidenen Kleid mit langem Haar,
daneben steht er in meinem Morgenmantel und schenkt Ihr ein!

Teil II: Aufbegehren

Gegen die programmierte Zersetzung

Nach einer gewissen Zeit beginnt die Phase der Zersetzung.
Alles hat System und nichts ist mehr normal.
Nachrichtensperre: no reply – never,
tote Telefonleitungen klingeln,
Informationslücken – Lügen,
Kontaktsperre.
Statt dessen der Versuch, mit PKWs die Psyche zu manipulieren:
Autokolonnen, Stoßverkehr, Parkchaos,
Motoren heulen, Auspuffrohre stinken, Türen schlagen,
Autokorsos, überall stehen Autos, fahren vor.
Farben scheinen an Bedeutung zu gewinnen,
Farbsequenzen quälen den Geist.
Schimmelgrün geht mit **rabenschwarz,**
blutrot wird zu **tiefschwarz,**
münzgold kommt mit **silbergrau,**
uringelb folgt auf **exkrementbraun,**
eiterbeige und überall **skelettweiss.**
Wortfetzen fahren in Sequenzen auf vier Rädern:
66 - FICK – KILL – LAU – DY – GO – 66
69 - MIST – WIX – CD – AS – KO – 69
Glotzende Passanten stieren, mit vor gerecktem Schädel,
sensationsgeile Blicke, unter höhnischem Gelächter.
Streunende Köter gehen brav mit Frauchen Gassi,
überall saftende Ärsche auf läufigen Stöckelschuhen.
Gesprächsfetzen schwirren um die Ohren,
wie Audio-Viren als Satzfragmente getarnt,
mechanistisch locken Situationsfallen zur Aktion,
in kalter menschenleerer Ignoranz.
Der Kuss der Zersetzung dringt ein in das Hirn,
Synapsen feuern Signale, lähmen das Denken,
doch der Geist kämpft sich frei, gegen ein tödliches Programm.
Alle Schaltkreise sind alarmiert, und wittern Gefahr überall,
nichts ist mehr normal und alles scheint programmiert,
das Experiment befindet sich im Zustand der Zersetzung.
Der Geist filtert die Wahrnehmungen und setzt Blockaden,
das nicht Fassbare, wird einfach ausgeblendet.

Rufmord

Fliehe vor Ihnen,
zieh Dich zurück, und
breche die Brücken hinter Dir ab,

denn sie jagen Dich.
Werden Dir keine Ruhe lassen.
Erzählen Märchen über Dich.

Freund verlass dich darauf,
die kennen keine Gnade.
Sie arbeiten mit Ihren schmutzigen Tricks!
Du entkommst Ihnen nicht.

Wo willst Du denn hin, allein?
Egal wo Du hingehst, die sind schon da!
Kein Ort, wo die nicht schon sind,
und Ihre Handzettel verteilt haben.

Schlimmer noch, sie haben Ihre Saat gegen Dich gestreut!
Du bist ausgestoßen, entrechtet, ein Gesetzloser.
Ihre Lügen über Dich verbreiten sich, schneller als der Schall.
Die treiben Ihre Spiele mit Dir, und Du hast nicht den Hauch einer Chance.

Die werden dich solange quälen,
bis Du es nicht mehr ertragen kannst.
So lange mit Ihren hinterhältigen Tricks arbeiten,
bis sie Dich in den Wahnsinn getrieben haben.
So lange falsche Anschuldigungen gegen Dich vorbringen,
bis sie Dich ganz gemordet haben.

Glaub mir, du bist schon tot!
Noch bevor Du Dich töten kannst,
haben sie Dich bereits umgebracht.

Du kannst Ihr Urteil nur noch vollstrecken.

Wie es wäre zu gehen

Er steht am Spiegel und rasiert sich.
Er hat viel erlebt, würde nie Hand an sich legen.

Doch dann ändert sich alles,
ohne erkennbaren Grund wird er zum Gejagten.

Sie finden Freude daran, den Entrechteten zu quälen,
schicken Ihn mit ihren Lügen in immer neue Sackgassen.
Alle wissen, da kommt der Jud!
So lange, bis er das eines Tages nicht mehr ertragen kann,
sich sein aufgestauter Zorn entlädt.

Eines Morgens, richtet er das Messer gegen sich selbst.
Blut fließt seinen Arm entlang zum Ellenbogen,
es tropfte auf die Kacheln und färbte den Boden rot.
Erst tut es sehr weh – aber dann ist es gar nicht schlimm.
Müde wird er mit der Zeit und schläfrig …

„Alles wird gut", sagte er sich, und sinkt zu Boden.

...das sind seine Worte als er geht.

Letzter Ausweg

Wenn sich um Dich herum die Verschwörung zuzieht,
Du handlungsunfähig wirst,
Du degradiert bist, nichts mehr zu melden hast,
Du nur noch nieder gemacht wirst, auch von den eigenen Leuten,

wenn es zur Mode wird über Dich zu lästern,
es zum Volkssport wird, Dir das Wasser abzugraben,
Du Dich mit aller Kraft gewehrt hast, aber erfolglos warst,
dann ist es legitim für immer den Hut zu nehmen.

Dann nimm einfach Deinen Hut!

Der Betrug

Gib auf was Du hast, las los, gib alles weg!
Es kommt etwas Neues, das Glück kommt Dir entgegen,
es wird Dir geschenkt!

Versprechungen überall, greif zu!
Die Chance auf ein neues Leben,
plötzlich ist das große Glück zum Greifen nah!
Es liegt zu meinen Füßen.

Ich fasse zu, und greife ins Leere,
mache einen Schritt nach vorn, und falle,
suche einen Menschen, aber niemand nimmt meine Hand,
gehe auf das Leben zu, doch das Leben weicht zurück.

„Es liegt an Dir, Du machst es falsch!"
Was habt Ihr mit mir gemacht?
Was bleibt von der zweiten Chance?
Was bleibt von dem Traum vom Glück?

Ich will vergessen um überleben zu können,
aber ihr wollt mich nicht vergessen lassen!
Die Verletzung klafft wie eine offene Wunde.
Ihr habt mit meinem Leben gespielt!

Für Euch war es ein Spiel,
der Einsatz war mein Leben,
jede Inszenierung wurde durchgespielt, und gebannt habt Ihr draufgeschaut,
jedes Detail habt Ihr ausgeleuchtet.

Ich fühle mich leer!
Alle meine Ideen sind verbraucht,
alles habt ihr mir geraubt.
Ich habe vergessen, was mich antreibt.

Es ist alles so egal geworden – irgendein Spiel halt,
nichts scheint mehr wichtig.
Alle meine Träume sind ausgeträumt.
Ihr habt mich noch immer…

….betrogen !

Strahlen aus der Asche

Er erwachte am Boden, ist aufgewacht,
aus einem Traum der zum Alptraum geworden ist.
Er hat immer an das Gute im Menschen geglaubt.
Dann ist er eines besseren belehrt worden.
Erst haben sie Ihn sozial völlig isoliert, um ihn neu zu schaffen?
Dann haben sie ihn komplett gelöscht, um ihn neu zu formatieren?
Das Experiment liefert nicht das gewünschte Ergebnis,
da lassen sie ihn fallen, nicht ohne sich vorher bereichert zu haben.
Er fühlt sich niedrig wie nie, deklassiert, ausgestoßen und beraubt.

Nun nimmt er sein Leben in seine eigenen Hände.
Oder besser gesagt, dass was noch von diesem Leben übrig ist.

Sie haben ihm keine Chance gelassen.
Es hatte nur so aussehen sollen als ob, das ist gut für ihr Geschäft.
Vielleicht hätte es gereicht, ihm die Hand zu geben!
Doch jetzt ist alles vorbei, denn er ist ein anderer geworden.

Vorsicht !

Wenn sie sich einmischen,
Dich in Ihre Finger kriegen,
Du für die andern durchsichtig wirst,
die meinen Dir helfen zu müssen.

Wenn Du Ihnen aufgefallen bist,
sie immer wissen wollen, wo Du gerade bist,
das Telefon klingelt und keiner sich meldet,
sie das Glück für Dich bereit zu halten scheinen.

Wenn sie Ihr Spiel spielen,
Du die Regeln nicht kennst,
nur sie Ihren Spaß haben,
der auf Deine Kosten geht.

Wenn sie herauskriegen was Du liest,
in deiner Wohnung einsteigen,
sich in Deinen Rechner hacken,
Deine Post lesen.

Wenn sie hören wollen was Du sagst,
wissen wollen was Du isst,
sehen wollen wie Du aussiehst,
wissen wollen mit wem Du was tust.

Dann wird Dich keiner mehr besuchen,
wird Dir keiner mehr schreiben,
wird keiner mehr mit Dir sprechen,
werden Dich deine Freunde verlassen.

Vom Fliegen

Ihr habt mich fliegen lassen,
in meinen Träumen weit oben.
In das Blau des Himmels hinein,
habt ihr mir Flügel gegeben.
Danke!

Ihr habt mich fliegen lassen,
aus der Firma, in hohem Bogen.
Einmal und noch einmal bin ich geflogen,
hoch hinweg über die Hundestaffeln.
Danke!

Nun mache ich mich fertig für meinen letzten Flug,
hoch oben von der Brücke werde ich fliegen,
aus dem Blau des Himmels fallen.
Fliegen, das habt Ihr mich gelehrt.
Danke!

Zum „Ritter" geschlagen

Vorgestempelt und kaum erst genommen,
veralbert, verulkt, verlacht und auf Distanz gehalten,
gab es keine Chance für einen Neuanfang – weit gefehlt.
Inszeniert wurde befristet, ein Stück provokativen Theaters,
mit nebulöser Rollenverteilung.

Unter dem Zeichen des deutschen Ritter Kreuzes,
tummeln sich selbsternannte Retter der Verunglückten.
Blut ist ein einträgliches Geschäft, und im Zeichen der Barmherzigkeit,
bekriegen sich wurmstolz die karrieregeilen EDV-Schädlinge.
Assistiert werden Sie von aalglatten Personalsaubermännern, die Sense schwingend.

Diskriminiert, lächerlich gemacht, ohnmächtig wehrlos, fühlt er sich,
als er sich ernsthaft zur Wehr setzt, wird er bekämpft bis aufs Blut.
Er wehrt sich gegen die Tricks im Karussell der Karrieregeilen.
Da wird er angeschrien, schikaniert, ignoriert und denunziert.

Sie haben es sich nicht nehmen lassen,
den letzten Arschtritt schriftlich zu platzieren,
nachdem Sie vorher ausdauernd, verbal auf die Genitalien gezielt haben.
Er kann die Namen derjenigen nennen, die ihn so geadelt haben.
Mit Genugtuung haben sie ihm den Abgang bereitet.

bloody Marketing

Ohne Zweifel schmückt sie ihr soziales Engagement,
die Werbeabteilung druckt Plakate pausenlos.
Die Story auf den Plakaten erzählt,
von einem armen Kerl und seinen Rettern.

Das spült Geld in die Kassen, ist gut für das Image.
Nur – der Kerl hat bei Ihnen keine Chance, die bekommt ein anderer.
Der liebe Kerl ist gut fürs Geschäft, für die nächsten zwei Jahre,
die Story macht sich gut, unterm deutschen Ritter Kreuz.

Nach zwei Jahren ist die Story verbrannt, der Spuk vorbei,
der gute Kerl wird abserviert, unter dem Deckmantel der Nächstenliebe,
nachdem der Typ verbraucht ist, wird's Zeit für die nächste Folge.

Darum schauen Sie doch wieder rein, wenn es heißt:
„Unterm deutschen Ritter Kreuz".

Wollmäuschen und Scheißhausgucker

Die kleinen lüsternen Mäuschen in knapper Wolle,
flanieren wieder durch die Straßen der Stadt,
verheddern sich hinter den Büschen von Meinesheim.
Geil anzusehen in ihren knallengen Jeans,
die Wollmäuschen tanzen wieder!

Und geile Nachbarn horchen gern mal am Schlüsselloch,
auch vorm Scheißhaus schrecken die nicht zurück.
Sie lauschen mit gespitztem Öhrchen an der Wand,
auf der Jagd nach den erogenen Bild- und Tonsequenzen.
Alles biedere Sauberleute, fehlt Ihnen was?

Hatz in Mainstadt

Klebt das Blut an Deinen Händen?
Einem Unschuldigen hast Du die Hatz geblasen,
du könntest Deine Taten bereuen,
das Blut könnte an Dir kleben bleiben.

Du könntest ins Gerede kommen, Du Stadt das Geldes und des Profits,
als eine Stadt in der zur Hatz geblasen wird.
Deinem Mob fällt einer zum Opfer, tief,
sind auch die Häuserschluchten in denen Du Dein Opfer treibst.

Es könnte auf Deine Bürger zurückfallen,
Deine Reputation könnte Schaden nehmen.
Man könnte in Dir die Geilheit einer Hure sehen,
die mit gestiefelter Lust zusieht, wie der Gejagte auf den Hund kommt.

Deine Treibjagd könnte ein tödliches Ende nehmen,
wie willst Du dann erklären, dass da einer in Deinen Strassen der Hatz erliegt.
Nur weil er den Nachbarn ins Gerede gekommen ist,
der Mob sich das Maul zerreißt.

Fremd in Mainstadt

Du Stadt der Reichen und Schönen,
hinter starren Fassaden aus Glas, Beton und Stahl,
liegen die Träume wie auf Eis, in den Schließfächern der Banken und Tresore.
Deine Politessen machen Jagd in den tiefen Straßenschluchten.

Tausende namenloser Gesichter ohne Worte, und im Rhythmus der Gezeiten,
spült die rush hour Menschen durch Strassen und über die Plätze.
Wem der passende Schlüssel fehlt, für eine Deiner Türen und Häuser,
oder für die Tresore, der legt seinen Kopf aufs Pflaster unter den Brücken,
alles Main den Bürgern von Mainstadt!

Der Pianist

(Die Profession)

Es ist sein Job, auf dem Piano zu spielen,
er spielt Bach und Beethoven.
Die Zeit lässt sich vergessen,
wenn die Klänge den Raum erfüllen.

Doch sein Spiel klingt nicht in ihren Ohren,
den Ohren der Mächtigen im Land.
Denen nicht passt, wie er spielt,
da brechen sie ihm die Finger.

Sie nehmen ihm das Piano,
werfen die Noten ins Feuer – Teufelszeug.
Der Klang passt Ihnen nicht,
sie nehmen ihm das Spiel.

Der Raum wird still, es raschelt leise,
als die Noten und Klänge, aus der Luft fallen,
und auf dem Boden verstummen.
Nur die Erinnerung an seine Musik,
können sie Ihm nicht nehmen.

Die Operation

(Laien am OP-Tisch)

Wir haben einen Patienten,
Oh Juhu, Wir gucken drauf!
Was hat er denn? Macht Ihn mal auf – Schnell!
Sie schneiden Ihn auf, Blut fließt.
Oh, ein Herz, das schlägt! Poch – Poch!
Da: Schlingen, der Darm, dort die Nieren.
Was hat er denn gegessen? Mach mal auf!
Schlägt das Herz noch? OK, mach weiter!
Was denkt der denn, können wir das messen?
Ah, Guck mal wie die Muskeln zucken!
Hmm, das Herz schlägt schwächer!
Wir müssen zumachen, schnell wieder alles rein!
Sie machen wieder alles rein und zu.
Oh Schreck, der atmet nicht mehr, der ist ja tot!
Schade, man war das spannend!
Lasst uns ein „Vaterunser" sprechen,
am besten noch ein „Ave Maria",
Ave Maria, Salve, Ave Maria!

Medicus religiösus

(öffentliche Spezialbehandlung)

Kollegen wir wollen amputieren, nach allen Regeln der Kunst!
Erst einmal machen wir eine Anästhesie, aber bitte schön bunt!
Dann führen wir eine Kindertomie durch, gefolgt von einer radikalen Genitalektomie.
Unsere Spezialisten provozieren dann, einen progredierenden Arbeitsunfall,
mit unklarer Genese, versteht sich.
Und schon geben wir unserem Sozialsystem eine Chance!

Anleitung zur seelischen Folter

Es gibt wohl eine Schwelle, für die Empfindung des Schmerzes,
mit jedem Schlag wird die Schwelle, ein wenig heraufgesetzt.
Der Mensch stellt sich ein, auf die zugefügten Schläge,
die von Ihm erduldet, ertragen werden.

In der nächsten Stufe, wird bei möglichst vollständige Kontrolle über die Seele,
koordiniert, systematisch, in gezielten Dosen der Schmerz zugefügt.
Das führt dann zum Zusammenbruch, und zur Selbstaufgabe, doch Vorsicht!
In dichter Totalität zerstören die zugefügten Dosen, die Identität des Menschen.

Die Folter der Seele macht den Menschen stumpf,
gegenüber dem erlittenen Unrecht, setzt eine Vernarbung ein.
Hat er erst einmal seine Würde verloren, sein Kraft zu gestalten,
dann kann er nicht mehr an die Existenz des Guten glauben.

In Ordnung

Es ist alles in Ordnung!
Ich funktioniere wie ein Uhrwerk,
alles dreht sich, und ich drehe mich mit.
Ich bin passend gemacht,
aller Möglichkeiten beraubt.
Es ist schon in Ordnung.
Meine Träume habe ich vergessen – das tut nicht so weh!
Meine Ideen kann ich nicht umsetzten.
Es ist in Ordnung, alles geht,
reibungslos, mechanisch, Sinn- entleert,
wie tot.

.....sexed up, screwed down and thrown away*
(*Zum Refrain rhythmisch klopfen)

Nach einem schweren Schlag des Schicksals, bei dem alles wegbricht,
hat er sich neu erfinden müssen, und hat eine Idee für sein Leben.
Doch die Zeit ist schwierig, und Zeitgenossen zählen ihn plötzlich zu den Hunden,
dermaßen erniedrigt und verletzt, ist er froh über jeden menschlichen Kontakt.

And he was ......

Dann haben Sie ihm eine Schule auferlegt, Einzelunterricht, gut isoliert,
um aus einem erwachsenen Mann, einen richtigen Menschen zu machen, pervers!
Das war nicht mehr sein Leben, jeder durfte ihm eine Lektion erteilen, einfach jeder!
Dann haben Sie ihn hart abgedrängt, bis er mit dem Rücken zur Wand steht.

And he was ....

Natürlich hat er Träume und Sehnsüchte, und von manch einem lernt er was er wert ist,
in seinem ersten Leben hat er oft genug die entscheidende Hilfe im rechten Moment
erlebt.
Aber diesmal ist er auf breiter Front, ich in die Hände seiner Zeitgenossen gefallen,
und die haben sich genommen, was sie gebrauchen konnten, seine Kinder, seinen Job.

And he was ....

Beobachtungen in einem Bundesland der BRD
(Verhaltensstudie für Tierfreunde)

Kalte Hundeschnauzen kriechen überall, das Trottoire entlang,
spielerisch veranlagte Bürger äffen, eine Sehbehinderte nach.
Mit zunehmendem Vergnügen, beugen sie sich über Preisschilder in Schaufenstern,
auch ältere Semester, bücken sich gern zum Spaß.

Die ganz Geilen schieben sich die Zunge zwischen die Zähne.
Ein Zeichen animalischer Gier? Zum Sabbern reicht es jedenfalls nicht.
Die Freunde der Psychogramme im Schauspiel- Stil sind unterwegs,
umkreisen Ihre Opfer und bringen „den Spiegel" als Show Einlage!

Voyeuristisch veranlagten Zeitgenossen beobachten storkend, jede Bewegung,
um diese bei der nächsten Gelegenheit, im Schauspiel zum Besten zu geben.
Da wird Gesehenes nachgeäfft, man könnte meinen, die Paviane sind los!
Nur das fehlende Rot des Pavianarsches, lässt zweifelsfrei den Zeitgenossen erkennen.

Die Scheißmoral für den Hund
(Tagtäglich und überall wimmelt es von Hunden)

Die Moralkotzer gehen wieder Gassi fürs Pissen des Hundes,
Sie wissen alles scheißbessernichthierhin, wird lauthals Moral gekotzt.
Oh, erhatgekotzt und nichtgeschissen, scheißbessernichthierhin,
Dudarfstnicht, dumustaber, dusollstnicht, dugehstjetztnichtdahin, kommstdujetzt.

Die Moral vom schnellen Scheißen wird gut gekotzt,
gekotzt wird auch die Moral vom besseren Pissen, jetzt scheißdochnichtsolange.
Die Scheißmoral für den Hund besser kotzen, nicht vorpissen:
Dusollstjetzt, dumustjetzt, dasdarfstdunicht, dastutmannicht, dudarftstnicht, unddumust.

Die Moral für die Pisse und fürs Geschiß, wird oft gotterbärmlich rausgekotzt:
Bapfui, dastutmannicht, Bapfui, schönbrav, Bapfui, schönhiergeblieben,
Die apostolische Moral, für den Hund zum Scheißen, immer schön Gassi an der Leine,
Dasdarfstdunicht, bleibschönhier, schönstillundDurührstDichnicht, immerschönbrav.

Das muss doch wie Scheißmoral in den Ohren klingeln!

Hundeliebe

Da sind die betagten, schrulligen mit Ihren süßen Pinschern,
das Hunde-Modell für die alternde Frau, auf die sonst niemand mehr hört.
Struppi an der Leine soll zeigen, das hier jemand noch was zu sagen hat,
wenn auch kein Mensch mehr da ist, das arme Vieh ist angeleint.

Dann ist da die junge Sportlerin mit dem Dobermann,
wo keiner so genau weiß, wie weit denn die Liebe geht.
Manch eine nimmt es gleich mit zwei Dobermännern auf,
Statur und Dynamik wären geeignet einen Sklaven anzuleinen.

Es gibt auch die junge Hübsche, mit dem Schleifchen auf vier Beinen,
wer hier das meiste Geld zum Frisör getragen hat, bleibt im Dunkeln.
Pfiffi jedenfalls ist der letzte Schrei, aufwendig durchgestylt,
und das kleine Hundemäntelchen sitzt heut besonders knapp.

Es muss eine Art Liebe geben, zwischen dem Frauenherzen und der Hundeseele,
ist es nun der untertänige Blick des Vierbeiners, der Frauchen erhebt,
oder ist es die Macht der Herrin, mit dem Tier an der Leine?
Der Hund gehorcht ohne Widerworte, ist verspielt und ja ach so Süß!

Die Blase

Sie schicken einen Mann,
in ein Kabinett aus verzerrenden Spiegeln.
Das macht ihn sprachlos, und
ohne Orientierung ist er Ihrem Spiel ausgeliefert.

Sie schaffen eine Mauer, aus allgegenwärtigen Zeichen,
nicht physisch, virtuell, informationstechnisch.
Der Mann hinter der Mauer, versucht den Durchbruch,
doch sie fangen Ihn immer ein, dank Ihrer Überzahl.

Sie haben eine Hölle aus Isolation geschaffen.
Eine dichte Blase, durch die kein Leben mehr dringt.
In Ihr wirkt die zersetzende Kraft,
wissen sie um diese Zerstörung?

Die Spiegelbilder sind durch Krümmungen verzerrt,
weil die Wahrheit selbst verbogen wird.
Suggerierte Versprechen entpuppen sich als Illusion,
und die Regeln der Normalität, sind außer Kraft gesetzt.

Der Mann versucht eine Hand zu ergreifen, um sich zu befreien.
Eine Hand, die sich Ihm entgegenstreckt, auf Ihn zukommt.
Jede Hand, die erreichbar ist, nimmt er dankbar an.
Sonst wird Ihn die Isolation in der Blase zersetzten.

Das Versprechen
(Training bei Sirotest)

Versprochen ist versprochen,
und wird auch nicht gebrochen: „Alles wird gut!".
Lauf Junge, lauf, und achte auf die Farben,
Deine Träume werden wahr.

Ich laufe, wie ich noch nie gelaufen bin, mein Leben lang.
Laufe auf das eine Versprechen hin: „Alles wird gut!", Jeden Tag neu.
Dann schießt Ihr mich in den Himmel, ich bin ein Star, ganz hoch oben.
Adrenalin pulsiert in allen Adern, jeden Tag begierig neu, Anspannung pur.

Die Erwartung lässt mich fliegen, die Nerven zum Zerreißen gespannt.
Situationen wie aus einem Traum: Spring in ein anderes Leben!
Lass alles hinter Dir, tu einen Schritt ins unbekannte Neue!
Da tauchen Bilderfolgen auf, wie aus einer anderen Welt, lautlos, wortlos.

Und doch unwirklich, oft flüchtige Augenblicke, gespenstisch surreal, nicht fassbar.
Ich kann diese Szenarien nicht erklären, traue Ihnen nicht, etwas hält mich zurück.
Und immer wieder diese Situationen, mit einer stummen Aufforderung.
Es bringt mich an den Rand der Verzweiflung,
        dass ich keinen dieser Träume je greifen kann.

Aber die Farben machen mich auf Dauer blind, ich sehe zu viele Gesichter und Blicke.
Was sie mir erzählen rüttelt auf, verstört und blendet, lässt mich verstummen.
Wie ein Blatt im Wind wirble ich haltlos herum, hilflos.
Solange bis sich die Gefühle umdrehen, und heftig rebellieren!

Das passiert, als ich Dich kennen lerne, einen Menschen, berührbare Haut.
Du erfüllt das Versprechen, ich kann Dich greifen und schmecken.
Meine Füße finden den Boden wieder, „Nichts ist versprochen", sagst Du,
als Du gehst, verschwinden alle Farben im tiefen Dunkel des Zweifels.

Alle Lichter gehen aus, es war doch versprochen: „Alles wird gut!"
Den Farben kann ich nicht mehr trauen, Dich habe ich verloren.
Weil er nicht läuft, es war versprochen: „Alles wird gut!
Wird er nun gebrochen. Wir löschen Ihm die letzte Glut!

Die Traumfabrik

Hallo, hallo: Wir machen Deine Träume wahr.
Einsatz für Dich: Nur Dein Leben, glaub ganz fest dran.
Mensch bedenke: Deine Träume, und wir machen das.
Alles was Du Dir erträumst: Es liegt vor Dir.
Hallo, Hallo ja Du: Wir schauen zu wie Deine Träume wahr werden.
Komm spring: Jetzt in eine neue Existenz, was Du Dir wünscht.
Wir sind die Guten: Wir machen das schon.
Unbegrenzte Ressourcen und Möglichkeiten: Für Dich

*Für Risiken und Nebenwirkungen übernimmt die Traumfabrik keine Haftung

Neue Religion

(Opium für die Elenden)

Eure Religion kann mir gestohlen bleiben,
bleibt mir weg mit Euren 10*10 Geboten.
Diese Moral ist so erbärmlich blind,
so treffsicher wie die Neuauflage des Strafgesetzbuches.

Verschanzt Euch hinter Euren Regeln,
wenn es sein muss, baut Euch Dome aus Gold.
Aber lasst mich zufrieden, mit Eurer aberwitzigen Doppelmoral.
Nie wieder will ich etwas hören, von Eurer moralischen….

……Besserwisserei

Morgengebet

O, danke lieber Godoo,
für das tägliche Hartz IV.
Du bist ja so gütig und gibst,
mir alle Zeit der Welt,
zum totschlagen, ei ist das schön.

O, Du bist ja so mächtig,
und gibst uns unser täglich Hartz IV.
Deine Güte ist größer als Benz,
und deine Freundlichkeit braust wie Ferrari,
Dein Erbarmen ist von der Qualität wie Audi.

O, danke für meine Kinder,
versorge sie täglich mit Smart und Minis,
und im Continental spare nicht,
damit sie immer gut Pirelli sind,
Deine Verheißungen sind ja so Trabbi.

O, wenn ich Dich nicht loben könnt,
früh am Morgen strahlst Du auf wie Rolls Royce,
Deine Majestät erhebt sich wie Bentley,
breite Deine Flügel aus wie Cessna,
damit ich auch morgen noch, die Zeit totschlagen kann.

Deine Wege sind so spannend wie Harley,
jeden Tag neu überrascht Du mich mit Clio,
ohne Dein Mazda müsste ich verzagen,
doch allgegenwärtig ist Dein VW, brumm brumm,
und immer erfrischt Du mich mit grüner Minna.

Menschenversuch

(Fakten einer Psychostudie/Transformationsexperiment mit Versuchsauswertung)

Fakten

Proband	Naturwissenschaftler
Start:	im Jahr 2003
Ziel:	Schaffung eines Supermannes
Beteiligte Organisationen:	bekannt
Anmeldung bei der Ethikkommission	Nicht erfolgt
Sicherheitscheck und Vorversuche	Nicht erfolgt
Klinische Zulassung der beteiligten Firmen	Nicht vorhanden
Einverständniserklärung des Probenden	Nicht eingeholt
Datenschutz	Nicht gewährleistet
Probandenversicherung (500.000 Euro im Schadensfall)	Nicht abgeschlossen
Durchführung des Versuchs	Öffentlich in der BRD

Therapieansatz

Durch ein rund um die Uhr Training mit psychologischer Einflußnahme sollte aus dem Probanden ein Supermann geschaffen werden, und vorherige Verhaltensmuster vollständig gelöscht werden. Dabei wurde eine Farbtherapie eingesetzt und systematisch mit Rollenspielen gearbeitet.

SUSAR= Suspected Unexpected Serious Adverse Reactions

Häufige Nebenwirkungen:
Aggression, Totalfrustration, Persönlichkeitsveränderung, Höhenflug

Weitere Nebenwirkungen die mit dem Experiment in Zusammenhang gebracht werden:
Der Proband verlor zwei Mal seinen Arbeitsplatz.
Mehrere zwischenmenschliche Beziehungen vielen dem Versuch zum Opfer.

Die rechtliche Situation wurde nie geklärt.
Rechtliche Schritte bzw. eine Strafverfolgung, gegen die Verursacher wegen der Verletzung von Persönlichkeitsrechten, wurde bisher aus Mangel an Beweismaterial nicht eingeleite.

Schadensersatzleistungen
Eine Begrenzung des Schadens, oder eine Wiedergutmachung der Folgen ist bisher nicht erfolgt. Ein Schmerzensgeld oder eine Entschädigung für den wirtschaftlichen Verlust wurde dem Opfer durch die Verursacher nicht gezahlt.

Versuchsauswertung

Das Experiment war leider ein Flop, die starken Signale in entgegen gesetzte Richtungen, legten in Ihrer Masse die eigentliche Verarbeitung lahm, und behinderten sich so gegenseitig in Ihrer Wirkung. Statt eine Öffnung in eine Richtung aufzuweisen, wirkten sie betäubend und führten zur Blockade.

Die Versuchsperson, die der entsprechenden Anordnung unterworfen ist, kommt zwar mit dem nackten Leben davon, ist aber massiv blockiert. Die Folgen des Experiments schränken den Probanden in seiner intuitiven sozialen Handlungsfähigkeit ein, und die Dressur hat ganze Arbeit geleistet, und alle Aktiva ausgelöscht.

So hat das Experiment im Ergebnis zu einer Amputation geführt, wobei der abrupte Verlust des Arbeitsplatzes, und der damit einhergehende Verlust sozialer und kultureller Möglichkeiten, zu nicht absehbaren Nebenwirkungen führen wird, und summarisch vom Individuum selbst als Katastrophe empfunden wird.

Die Initiatoren und Mitwisser des Experiments hüllen sich weiter in Schweigen, denn zu den Nebenwirkungen gab es weder Studien, noch waren diese abschätzbar. Auch will nun keiner aufkommen, für Schäden, die den Opfern entstanden sind, unverständlicherweise wurde auch keine Probandenversicherung abgeschlossen.

Wegkucken und Schweigen, und keiner will es gewesen sein. Alle Versuche den Probanden als sozialen Abfall in einem Kloster zu entsorgen scheiterten, sodass nun das kontrollierte Einschläfern der Versuchsperson angestrebt wird, nicht jedoch, ohne zuvor manipulativ das humane Versuchsmaterial selbst, als die Fehlerursache des Experimentes zu deklarieren.

Somit soll der Flop des Experiments, verursacht durch seine Nebenwirkungen, vertuscht werden, mit einer demagogisch propagierten minderwertigen Qualität der Versuchsperson.

Sommerwende

Als ich den Sommer schon riechen konnte,
mischten sie sich in mein Leben ein,
und haben alles gründlich aufgemischt,
so gründlich, dass nunmehr kein Stein auf dem andern steht.

Kein Weg scheint mehr sichtbar, alle Schlupflöcher sind zugemauert.
Nicht einen Schritt in Freiheit kann ich nun mehr tun,
bin ich prominent? Nein, eher in Gefangenschaft!
Sie nahmen mir erst die Freiheit, und dann meine Arbeit!

Mein Privatleben haben sie gleich mit gemischt.
Alle Möglichkeiten eines Aufbaus beschossen.
Bin ich prominent? Nein, eher in Gefangenschaft!
Haben sie mir etwas geschenkt? Nein, alles war hart erarbeitet!

Entmündigt

(Under control: Verletzung von Persönlichkeitsrechten und die Folgen)

Technisch entmündigt, bevormundet!
Alle Ansätze im Keim erstickt, und jede Kraft gebrochen,
jeder Weg blockiert und aller Rechte entmündigt,
faktisch zerstört, in Willkür einer freien Zukunft beraubt.

Alles ist verwandelt in eine Einöde, Wüste ohne Sinn,
eine Zukunft, ein ganzes Leben, entrechtet und verpfuscht.
Durch wen? Durch die, die Kontrolle ausüben!
Korrupte Zeitgenossen, Kurpfuscher zu Ihrem Vorteil?

Was hätte nicht alles sein können, wie viele Wege waren offen?
Jetzt liegt alles zerbrochen da, der sinnlosen Beschau preisgegeben.
Die Freiheit singt nicht mehr, ist weggesperrt und in Ketten gelegt,
alles liegt brach, bleibt ungenutzt wie eingefroren!

Stummer Schrei

(den Moralklugscheißern ins Gesicht)

Alles liegt hier im Sterben,
ich könnte schreien, den ganzen Tag.
Irgendjemand redet da von Moral,
könnt ihr denen nicht mal die Fresse polieren?

Denn genau die sind es doch,
die mit den Messerchen werfen, Messerchen der Moralapostel.
Meine Chance hab ich im Arm gehalten,
um sie vor den Messerchen zu schützen.

Halt mal eine Chance fest,
mit fünfzig Messerchen im Rücken, von den Moralklugscheißern.
Jetzt ist sie mir weggerutscht, und
auf der Straße in tausend Stücke zersprungen!

Warum hat keiner was gesagt?
Gefragt hab ich doch immerzu.
Und irgendwann ist dann der pure Überlebenswille, einfach losgelaufen,
mit fünfzig Messerchen im Rücken, schaut man nicht mehr rechts noch links!

Doch wer will schon einen mit Messerchen im Rücken,
dem das Blut bei jeder Bewegung aus den Wunden tritt.
Einen, dem die Chance aus der Hand gefallen ist,
einen dem die Flügel gestutzt sind.

Und irgendjemand redet da immer noch von Moral,
pass bloß auf, dass ich Dir Deine fünfzig Messerchen
nicht in die Brust ramme, Du Vieh!
Dass Du nicht nur meine Zukunft zerstörst, interessiert Dich einen Scheißdreck!

Wenn irgendeiner sie in der Hand hielt, dann ich,
die Moralklugscheißer haben mit Messerchen geworfen!
Und jetzt liegen die Scherben auf der Strasse,
und mein Schrei in der Luft!

Ein Netz aus Lügen

Es ist alles erlogen, fiktiv,
nicht wahr, erdichtet, nur Täuschung.
Es stinkt zum Himmel wie ranziger Müll,
die kleinen Zeichen sind einen Dreck wert.

Ich lass mich doch nicht verarschen,
von Farben, Inschriften, Kennzeichen, Gesprächsviren, etc., etc..
Das ist alles nur ein Netz, erdichtet von den Lügenbaronen,
koordinierte Fehlinformationen, um eine Falle zu stellen.

Und die Wahrheit ist wohl: Da sollte einer her,
mit dem man zur allgemeinen Belustigung, ein nettes Spielchen spielen kann.
Es tut weh zu erkennen, was das für ein Scheißspiel das ist.

Jede Nutte besitzt wohl mehr Anstand!

Da wird eine Zukunft durch Täuschung zunichte gemacht,
und alle haben Ihren Spaß daran!
Da wird sinnlos eingerissen, was einer im Begriff war aufzubauen.
Da wird das Blaue vom Himmel versprochen,
doch was tatsächlich wird, geht den Zuschauern am Arsch vorbei!

Jede Nutte besitzt wohl mehr Anstand!

Die Wiedergeburt

Wir nehmen uns einen Menschen.
Sagen wir Du da, wir nehmen Dich!
Du wirst eine Widergeburt erleben,
wir lassen Dich neu entstehen.

Erst bringen Dich zum Schweigen, zuhören ist Programm,
dazu schalten wir einen „Reset" in Deinem Kopf,
indem wir Dir alles entfremden, schaffen wir eine virtuelle Welt,
nichts ist real, alles ist simuliert!

Wir entfremden alle zwischenmenschlichen Kontakte, alles machen wir Dir irreal.
Dann spiegeln wir Dein Verhalten, das bringt Dich kraftvoll aus dem Tritt!
Wir geben die Signale vor, und locken Dich mit Deinen Wünschen.
Vor den Erfolg haben die Götter den Schweiß gesetzt, wir sind die Götter!

Begreife Du Wurm, wir sind die Götter, und Du bist das Wachs, in unserer Hand.
Folge unseren Signalen, und Du wirst glücklich, erfolgreich, wir geben dir alles.
Lässt Du Dich nicht fallen, und gibst Dich unserer Kontrolle hin,
machen wir einen Kompostwurm aus Dir, gebären Dich wieder als Küchenschabe, OK?

Wir sind die Götter und das Gesetzt, Du bist in unserer Hand!
Als kleine Demonstration unsere Macht arrangieren wir für Dich:
Da stehen Haus und Hof, nimm's Dir, wir schenken Dir alles!
Da steht der schnellste Porsche der Welt, zwei flotte Käfer dazu, für Dich!
Da läuft die Nutte mit dem geilsten Arsch der Stadt, fick sie, solange sie noch warm ist!
Fickst Du nicht was wir Dir bieten, kannst Du nicht mal an einem Arsch lecken! OK?

Was denn, du begreifst das nicht? Du musst es lernen, los lerne!
Wir haben die Regie, wir machen den Film, wir sind die Götter, achte auf die Signale!
Alles klar Du Wurm, lies unsere Zeichen oder stirb, nimm in Besitz, schmeiß Dich ran!
Sonst lassen wir Dich fallen, wie Wachs aus unserer Hand, Greif nach den Sternen!

Nun, leider bist Du zum Wurm geworden. Los flieg, Du Wurm, wir befehlen's!
Du kannst nicht fliegen? Das bedauern wir aufrichtig, wir müssen Dich zertreten!
Alles fitt Würmchen, jetzt weißt Du, wie wir dich wiedergeboren haben.

Das fliegende Fahrrad im HARTZ IV

Sie beginnen die Kontrolle zu ergreifen,
installieren Test- Szenarien um eine Einstellung zu finden,
um diese dann ad Absurdum zu führen, oder ins Gegenteil zu verkehren.

Sie spezialisieren sich darauf, Zwänge zu schaffen,
die Freiheit zu beschneiden, totale Kontrolle zu erlangen.
Wobei ihre Schwarz/Weiß gedachten Regeln,
aus einer Milchmädchenrechnung kein buntes Bilderbuch machen.

Nach mehreren Jahren Schwarz/Weiß- Durchleuchtung,
haben sie mich vor die unlösbare Aufgabe gestellt,
mich über alle Konventionen quasi hinwegzusetzen,
um so dem Fahrrad das Fliegen beizubringen.

Alles was Sie damit finanziert haben, ist eine Bildungsreise nach Hartz IV,
abgesehen von Kollateralschäden bei der Kindes- Amputation.

Sie können doch einen Mann nicht richten, indem Sie Ihn zum Affen machen.

Zerfall

(Strahlen aus der Asche)

Nachdem das zickige **E_lekt_**tron sich abgespalten hatte,
Wurde der Kern durch massiven **Po_zitronen** Beschuß instabilisiert.
Die kritische Kerntemperatur wurde weit überschritten,
und die Hitze reichte aus, um einen Sommer zu schaffen.

Der nachfolgende Winter, hob den Sommer aus den **Angeln,**
in dessen heißem Kern, durch Beschuss, ein **Bo_Sohn** abgespalteten wurde.
Nachdem die Kerntemperatur so stark abgekühlt war,
blieb ein mehrfach geladenen **Katrion** zurück,
mit einer gewissen Affinität zu einem **Annaion.**

Die Strahlung indes entsteigt der Asche.

Das Märchen vom Steine klopfen
(Wie ein Märchen die Unschuld verliert)

Es war einmal ein fremder junger Mann, der in einen Ort kam,
und um die Gunst einer jungen Frau warb, die Ihn aber abwies.
Dem erzählten Sie das Märchen vom Steine klopfen.
Das ist ungefähr, wie wenn man jemanden, vor die Wand laufen lässt.

Da sagt ein Einheimischer im Vorbeigehen zu dem Fremden,
weil Ihm zu Ohren gekommen ist, das der Fremde eine Frau sucht:
„Nimm die da", und deutet auf die Frau seines Nachbarn,
mit dem er noch eine Rechnung offen hat.

Und so lassen Sie den Fremden vor die Wand laufen,
und errichten dann eine Bürgerwehr, die ihn auf Schritt und Tritt verfolgt.
Das Szenario heißt auch: „Das Märchen vom Steine klopfen",
Nach einer Weile spricht niemand mehr mit dem Fremden, keiner lädt Ihn ein.

So sorgen die Leute im Ort dafür, das der Fremde läuft und läuft und läuft,
und doch nie ankommt, so sehr er sich auch abmüht.
Er steckt in einer Glocke aus neugierigen und wachsamen Blicken,
wie ein Auserwählter mit elektronischer Fuß- Fessel!

Nachdem Sie den Fremden ein paar Mal vor die Wand geschickt haben,
und der sich nicht nur eine blutige Nase geholt hat, hat er sich irgendwann totgelaufen.

Und wenn er nicht gestorben ist, dann steckt er heute noch in der Glocke.

Träume?

Als die Träume sich in Farbschlieren auflösen,
und an der Realität zerbrechen, bin ich ganz sanft gelandet,
ohne Geld, ohne Träume, als Mensch ohne Bedeutung,
einfach so, auf dem Asphalt der Strasse, allein.

Der Mangel an Finanzen, hat die Träume in die Knie gezwungen.
Der Verlust der Arbeitsstelle, war Auslöser von Kettenreaktionen,
nicht einmal, nicht zweimal, sondern dreimal in Ketten!
Der Dank gilt allen Beteiligten!

Lebensbaum

Kontrolliert ein Leben abschneiden,
erst die Ableger entfernen,
die Pflanze ausgraben und vereinzeln,
zuschneiden, entfernen von frischen Trieben.

Einengen, zurückstutzen, passend machen.
Einst ein aufstrebender Baum, wird nun zurechtgestutzt,
als Bonsai im Zimmer von Ecke zu Ecke verschoben.
Aus einem Baum wird so: Ein niedlicher Zimmerschmuck.

Sechs – Zeiler auf dem Papier
(Die BFARM- Lüge)

Nachdem die Sonne im Meer ertrunken ist,
taucht alles ein in ein fahles bläuliches Licht.
Die Lügen der Zeugen, auf Papier verewigt, waren noch nicht trocken,
da breitet sich das bittre Schweigen aus.
Wen es erfasst, dem entzieht es alle Wärme,
eine feine Schicht aus Eis überzieht das Rot in der Brust.

Unwissenheit

Ich weiß, dass ich nichts weiß.
Doch manchmal spüre ich es deutlich;
es geht hier irgendetwas vor.
Aber keiner hat mir je davon gesagt.
Alle wiegeln ab, Du bist verrückt!
Manchmal überfällt mich die Angst,
etwas Großes verpasst zu haben.
Diese Angst überkommt mich, wie ein Schauer,
und mit einem Mal bin ich wie wachgerüttelt.

Bedeutungslosigkeit

Doch! Ich weiß von nichts.
Fühle mich verfolgt, kann aber niemanden greifen.
Denke, dass da einer genau zusieht, was ich mache.
Doch warum sollte sich jemand die Mühe machen,
er hätte mir doch sicher irgendwas gesagt.
Es gibt keinen Weihnachtsmann, soviel steht fest,
und wenn mir irgendeiner etwas geben will,
hätte er mich doch informiert, oder er tut es einfach.
Doch einige machen mir ganz deutlich, und gut organisiert,
dass sie mich für überflüssig halten, denn das sagen sie klipp und klar im Chor.
Das schlimme daran ist, das ich langsam anfange, selber daran zu glauben.
Sie geben sich keine Mühe, Höflichkeit oder Freundlichkeit sind Ihnen fremd.
Sie sind erschreckend organisiert, die mir so begegnen.
Das gibt mir das Gefühl bedeutungslos zu sein.

Kleine Anfrage

Ich muss es aufschreiben, schreie es auf das Papier!
Versuche es in Worte zu fassen.
Ich will die Erinnerung wachrütteln.
Ich will herausschreiben, was ich empfunden habe!

Es war wie eine Glut die in mir brannte,
sie wurde eiskalt gelöscht!
Heiß wie die Sonne, war ein drängendes Verlangen,
das wurde konsequent gekühlt!
Da war eine Wunde, die in mir die brannte wie Feuer,
sie wurde immer wieder aufgerissen!
Ich kannte eine Gier nach Leben, nach geteiltem Leben,
die wurde eingesperrt, und zugemauert!
Da war eine unendliche Sehnsucht nach Zartheit,
brutal wurde darauf herumgetrampelt!
In mir gab es eine Leidenschaft, gepaart mit großer Energie,
die ist ins Nichts verpufft!
Da war eine große Bereitschaft, neu anzufangen,
darauf wurde Beton gegossen!
Ich kannte starke Impulsivität, enorme Kreativität,
beides wurde regelgerecht zu Schutt geschleift!
Es gab einmal einen unbändigen Willen, etwas zu erreichen,
der wurde eingespannt um ihn zu brechen!
Da war einmal ein zartes Gefühl und Gespür,
darauf wurde eine Flex angesetzt!

Was habt Ihr Euch genommen, was habt Ihr mir gelassen?
Seid Ihr erst dann zufrieden, wenn alles in Beton und Eisen liegt?
Habt Ihr schon darüber nachgedacht, ob ich in dieser Wüste leben kann?

He Du da,

mit der Sonnenbrille im Gesicht, glotzend,
was willst Du mir denn sagen, sag es bitte, sprich!

Du da mit deinem schleppenden Gang,
was ist los, brauchst Du Hilfe, frag mich!

Du da in Schwarz, glotz nicht so, gleich fallen Dir die Augen aus dem Kopf!
Hast Du einen Mund, hast Du etwas zu sagen?

Meinst Du etwa mich, willst Du was von mir?
Ich habe zwei Ohren und könnte Dich gut hören!

Ich kann nur nicht in irgendeinen Schädel gucken.
Auch nicht in das hübscheste Köpfchen, hinter Brillengläsern.

Weder kann ich im Kaffeesatz der Großstadt lesen,
noch Deine Gedanken sehen, wären die auch hell wie Blitze.

Hallo du Schöne, Du guckst mich so lange an, willst Du was von mir?

Lass uns doch mal darüber reden!

Fehlerfrei
(Was war das Ziel)

Als jeder ihm, jeden Tag, jeden vermeintlichen Fehler aufs Brot schmierte,
als jeder der Meinung war, es sei seine verdammte heilige Pflicht,
Fehlerbrote zu schmieren.
Damit nicht genug, musste jeder ihm auch noch damit in den Ohren liegen,
ihm die Post nachhalten, und im Web seine Spuren tracen.

Alle haben Ihn buchstäblich in die Nacht vertrieben, in die Dunkelheit,
ihn in ein einsames Wasser gejagt, ohne einen Rettungsring.
Eine dunkle Nacht, in der sich viele von Ihm verabschiedet haben,
alle Kontakte wurden unter Feuer genommen, dabei alle Regeln verletzt.

Als sollte aus einem Menschen, ein dressiertes Tier werden,
gesellschaftlich und sozial kastriert, mit gebrochenem Willen.
Er hat alles ausgehalten, es ist niemandem gelungen,
und es wird niemandem gelingen, Ihn verstummen zu lassen.

Die Dressur des Menschen, im Namen der Moral irgendeines Gottes,
wäre für diesen eine Peinlichkeit, wenn er denn existieren sollte!

Das Verlangen,

ein Mensch zu sein unter Menschen,
wurde versagt und in Ketten gelegt.
Alle Energien sind in Bedeutungslosigkeit verpufft,
ein Leben ist zur Einöde geworden.

Worte sind nicht gesprochen worden,
die etwas hätten klären können.
Und auf gestellte Fragen, gab es keine Antworten.

Regeln wurden nicht definiert, und wenn sie existiert hätten,
so doch nur um gebrochen zu werden.

Hochspannung

Angespitzt, auf Tour gebracht, heiß gemacht.
Unter Strom 10 000 Volt, immer auf dem Sprung.
360 Tage im Jahr, schlaflose Nächte, wozu?
Immer unter Dampf, immer am Drücker, immer auf Jagd.

Jeden Tag neu, in Erwartung des totalen Neueinstiegs,
von Null auf Hundert hier und jetzt, und laufen, laufen, laufen….
Völlig ausgebrannt im sechsten Jahr, Totalverlust.
Doch welche Versicherung zahlt nun den Schaden.

Angenommen
(Den Job können Sie haben !)

Sie werden 24 Stunden am Tag beobachtet,
Sie wissen nicht von wem, Sie wissen nicht warum,
jeder Fehler wird sofort geahndet, jede Kleinigkeit.
Nach dem Motto, alles was Sie sagen kann gegen Sie verwendet werden.
Das ist die Regel! Sie wird mit aller Konsequenz verfolgt.
Sie stehen unter Generalverdacht! Machen jede Menge schlechter Erfahrungen,
Sie wissen nicht wieso, Sie wissen nicht warum.
Es erklärt Ihnen keiner, und Sie machen keinen Gewinn damit, nicht einen.
Dies führt zwangsläufig dazu, dass Sie irgendwann alles verlieren werden.
Das macht Ihnen jede Beziehung kaputt, jede. Es sei denn, Sie sind eine Maschine.
Es gibt jetzt zwei Reaktionsmöglichkeiten für den intelligenten Menschen:
Der aggressive Typ wird zum Amokläufer, oder greift zur Waffe!
Der defensive Typ wird zum Totalverweigerer, oder suizidär!
Wenn Sie nicht reagieren, reagiert Ihr Körper für Sie und Sie werden einfach krank!

Wollten Sie den Job haben?
Den können Sie gerne haben, ich will ihn nicht!

Teil III: Textwerkstatt

Star im Allgäu

Morgens um halb sieben, sitzt er auf dem dicken Ast,
der sich am Obstbaum vor dem Fenster, als Geäst verzweigt.
Leicht nach vorn gebeugt, hebt er die Flügel ein Stückchen an,
wenn er sein Lied laut, in bunter Folge in den Morgen zwitschert.

Glänzend hebt sich der dunkle Vogel mit den weißen Punkten,
gegen einen leuchtend blauen, wolkenlosen Morgenhimmel ab,
an dem noch Sterne sichtbar sind, und der sich an den Talrändern,
gegen die Berge hin rötlich einfärbt, heller wird.

Weit schallt sein abwechslungsreiches Lied aus Zischen, Tacken und Pfeifen,
ins grüne Tal, lockt Artgenossen herbei, die sich in den alten Obstbaum setzten.
Dort hängt ein Nistkasten, in dem er hin und wieder, mit einem grünen Moos im
Schnabel, verschwindet, um kurz drauf aus dem engen Loch wieder aufzutauchen.

Sattes Grün der Wiese, so weit das Auge durchs Tal gleitet,
eingerahmt zu beiden Seiten, von bewaldeten Hängen und grünen Bergkuppen.
Wie hingestreut stehen Häuser, Höfe und Scheunen mit Holzstapeln im Tal,
durch das sich der Bach, entlang der Straße schlängelt.

Dazwischen steht eine Kapelle mit Turm und Glocke, in den aufgeräumten Wiesen.

Die Wand

(Der Eiger)

Da ruht die Wand am Ende des Tals,
majestätisch, eisig wie hingebrochen.
Undurchdringbar steht der Berg, vom Eis umflossen,
hineingerammt in diese Zeit für Ewigkeiten.

Jeder Atem gefriert in ihren eisigen Flanken,
kalt und unerbittlich ragt sie in den Himmel.
Scheinbar endlos ist die Mauer aus Eis und Fels,
verworfen, zerklüftet, rissig steil aufstrebend.

Ihre Größe lässt sich nicht beschreiben,
allein, das Auge kann die Dimension nicht fassen.
Es sucht nach Rissen, Wegen durch den Felsen,
schätzt die Entfernung, versucht das Unbegreifliche zu messen.

Der Berg, erhaben, entzieht sich jeglichem Kalkül,
abweisend, kalt, von der Gefahr umwittert.
Wer sich einen Weg erkämpft, hinauf durch die weite Wand zum Gipfel,
erschauert in schwindelnder Höhe, spürt er doch den Tod im Nacken.

Die Nidda im Eis

Die Nidda liegt heut tief unterm Eis.
Am Ufer duckt sich die klirrende Kälte,
wo Gräser ihre Spiegelbildern werfen.
Helle Blasen treiben unter dem Eis,
und erstarren zu bizarren Formen.
Auf den dunklen, glasklar zerknitterten Flächen,
spiegeln sich Bäume vom anderen Ufer.
Das Licht zaubert ein Dublikat der Brücke,
über die ebene Eisfläche, zwischen den Ufern.
An deren Rändern in Ufernähe,
reihen sich Perlschnüre aus Bläschen,
wie in Milchglas erstarrt.
Dünne Risse laufen in langen Linien,
wo ein Knacken die gefrorene Dynamik zerbrach.
Nur an den Wehren lagert Nebel,
über dem stürzenden Wasser.

Situationen (Erster Teil)

Der Ring in Deine Stadt

Die Schöne da am Beckenrand,
verführerisch blickt Sie herüber
Am liebsten wär ich hingerannt,
knapp der Bikini, sie trägt nichts drüber.

Ganz offen lacht sie mir jetzt zu,
der Typ da nimmt sie in den Arm.
Gespielt hat sie mit mir, die dumme Kuh,
sie dreht sich um, an Ihrer Hand da blitzt der Ring!

Die Farben von Mainstadt

Gestern standen schwarze und weiße Kühe in den Straßen von Mainstadt,
sagten „Mähh" und glotzten.

Heute stehen bunte Kühe in den Straßen von Mainstadt,
Sagen „Mähh" und glotzen.

Morgen werden lila geblümte Kühe in den Straßen von Mainstadt stehen,
„Mähh" sagen, von Milch reden, und glotzen.

Rot ist nur die Rose, deren Dorn Dich sticht,
Grün ist der Stachel, wenn er Dir im Fleische steckt.

Situationen (Zweiter Teil)

Schänke zum roten Kreuz

Komm mit sagt die Eule zur Taube, die sich am Flügel verletzt hat.
Die Eule führte die Taube vor, stupst sie herum im roten Kreuz.
Die Taube kann gar nicht fliegen, lachen Fuchs und Kojote,
als sie Ihr die Flügel brechen,
sie hieben Ihr nicht den Kopf ab, aber das Herzblut sogen Sie heraus.

Herzblut läuft prima in der Schänke!
Fuchs und Kojote lecken sich die Schnauzen.

Unbekannte in Deine Stadt

Die schöne Unbekannte geht zehn Schritte vor ihm her, sie läufst schnell,
trägt einen Einkaufsbeutel in der rechten Hand.
Das Gesicht wirkt aufmerksam, der Diamant im linken Ohrloch glitzert hell.
Ihre Figur hat sich in sein Gedächtnis eingebrannt.

Einen Augenblick lang denkt er darüber nach, sie anzusprechen,
was soll er sagen, dass sie schön ist wäre nicht gelogen.
Er wäre sicher nicht der erste der das sagt, ist aber keiner von den Frechen,
das ihm das Herzblut fehlt, wird sie wohl auch nicht überzeugen.

Vision aus der Offenbarung (Kapitel 6)

(Neues Testament vor ca. 2000 Jahren)

Die farbigen Pferde des Propheten:
...
Und ich sah, und siehe, ein **weißes Pferd**
Und der darauf saß, hatte einen Bogen
Und ihm wurde eine Krone gegeben,
und er zog aus, sieghaft und um zu siegen
...
Und es kam heraus ein **zweites Pferd, das war feuerrot**
Und dem der darauf saß, wurde Macht gegeben,
den Frieden von der Erde zu nehmen,
dass sie sich untereinander umbrächten
und ihm wurde ein großes Schwert gegeben
...
Und ich sah, und siehe, ein **schwarzes Pferd**
Und der darauf saß, hatte eine Waage in seiner Hand
Ein Maß Weizen für einen Silbergroschen
Aber dem Öl und dem Wein tue keinen Schaden
...
Und ich sah und siehe, ein **fahles Pferd**
Und der darauf saß, dessen Name war:
Der Tod, und die Hölle folgte Ihm nach
Und ihm wurde Macht gegeben, über den vierten Teil der Erde
Zu töten, mit Schwert und Hunger und Pest
Und durch die wilden Tiere auf Erden

Regen

Fällt immer nur von oben nach unten,
es krähte kein Hahn danach, wären es nur Tropfen.
Wenn sie in Horden auftreten, kommen die Dinge in Bewegung,
große Massen sind nicht zu halten, fließen dahin.

Sammeln sich in Pfützen, Rinnen und fließen,
immer von oben nach unten, sickern in den Grund, um anderswo zu quellen.
Aus Rinnsalen werden Bäche, aus Bächen Ströme,
die anschwellen und Landstriche überfluten.

Wo Tropfen trommeln, prasseln dieselben in Horden,
und aus dem Gluckern des Bachs wird schnell ein Rauschen.
Wassermassen tosen, reißen alles mit sich,
lassen Hänge rutschen und Dämme brechen.

Die Leute greifen zu Regenschirm und Gummistiefeln,
und werden nicht selten vom Regen zusammengewürfelt, das verbindet.
Das Wasser hat belebende Wirkung, setzt Wellen der Hilfsbereitschaft frei,
ein Sonnenstrahl malt derweil die Farben des Regenbogens.

O, Du fröhliche....

Wo
gehst Du hin,
ach so zur Arbeit!
Schön,
ich habe keine Arbeit.
Dein Auto ist neu?
meins glänzt nicht so toll,...
Find ich Klasse, Deinen Job,
würde mir auch gefallen!
Denn ich bin leider arbeitslos.
Meine Arbeit bin ich los,
bin nutzlos, wertlos, arbeitslos!
Das zehrt am Wert: *Arbeitslos ist Geld- los.*
Mein Kopf ist nicht gefragt: Ich bin *Kopf- los.*
Den Lebensstandart kann ich nicht halten: *Halt- los.*
Was ist jetzt meine Aufgabe: *Arbeitslos ist Sinn- los.*
Arbeits- los: das heißt, *meinen Job macht jetzt ein anderer.*
Bargeld- los: *Man sagt doch: Money makes the world go round.*
Taten- los: *Ohne Geld kann man nichts tun, immer kann ich nur zusehen.*
Mut- los: *Es ist völlig frustrierend, was kann ich schon bewegen.*
Halt- los: *Alles was mir wichtig war hängt in der Schwebe, fällt zu Boden.*
Sinn- los: *Da kann man keinen klaren Gedanken mehr fassen.*
End- los: *Es dreht sich alles im Kreis.*
Leb- los:
Baumelt
mein Körper
am Baum.

Wenn im Hartz vier Blätter fallen

Dem Baum, unbeweglich steht er jetzt im Harz, entfallen die Farben,
erstarrt und entblößt knarrt das alte Holz im Wind.

Ein nettes Lächeln und eine atemberaubende Figur,
hinter dem Schalter ändern doch nichts an den Tatsachen.

Es raschelt nicht mehr in seinen Zweigen, wo die Vögel verweilen,
und im Schutz des Grüns, ihre Nester bauen.

Ein Widerspruch gegen eine Minimalversorgung die den Bedarf nicht deckt,
und eine Zahlungserinnerung, für ein Amt, das nicht zahlt.

Vorbei ist die Zeit, in der die Blätter sich im Winde wiegen,
kühlen Schatten spenden, in lauschigen Verstecken.

In Diesen Armen könnte ich mich wohl verlieren,
und alle Zeit der Welt vergessen - allein ich kenn Dich nicht.

Scheues Wild streunte unter seinen Zweigen über die Lichtung,
äsend, auf der Suche nach kleinen Köstlichkeiten.

Hinterm Schalter, Frau vom Amt – nur die Gedanken sind frei,
die Rolle ist mir auf den Leib gezurrt, keine Bewegung ist mehr möglich.

Die Blätter fallen, schweben langsam durch die Luft zu Boden,
wo der Reichtum der Farben verrottet, die Struktur sich zersetzt.

Ein Korsett aus Tatsachen hilft, sich festzuhalten, um nicht zu entgleiten,
in die süße Verlockung des erträumten Unbekannten.

Dem Baum, unbeweglich steht er im Hartz vier, sind die Farben entfallen,
erstarrt und entblößt knarrt das alte Holz im Wind.

Angst

Sie ist das Erbe, das auf uns gekommen ist,
geimpft mit Ihrer Mark erweichenden Wirkung,
durchseucht sie das Vertrauen, in die eigenen Fähigkeiten,
mit Misstrauen und Furcht vor der Entwicklung.

Sie trainiert und hält an, uns selbst zu misstrauen,
dies Erbe ist wie eine Pest, die auf uns kommt.
Die Verunsicherung ist uns in die Wiege gelegt,
durch gezielte Schläge auf die wunden Punkte, bleibt sie wach.

Sie hat Methode, dient der Stabilisierung eines Systems,
in dem pseudoreligiöse Obrigkeitshörigkeit, jede Gabe zersetzt.
Die nachwachsende Persönlichkeit wird klein in eine Schublade gefaltet,
so kann sie niemandem über den Kopf wachsen.

The sin song (sin wie „sinnvoll")

(*GngMfbr= Gesungen nicht gelesen; Melodie frei, betont rhythmisch)

Es ist doch was los? Ja was ist denn hier los?
SchuSchubidu bidubidu babibabau! ***(GngMfbr)**
Nichts ist los, Du spinnst, Du bist verrückt!
SchuSchubidubidu Schubidu Schubidu Bibibelibibabau! ***(GngMfbr)**
Aber, aber ich sehe da doch was, ich kann da was wahrnehmen, es ist erstaunlich!
Schubabidubiduba Schubibibabibibiba Schubababababibababa! ***(GngMfbr)**
Du spinnst, hier ist nichts los, geh zum Arzt, Du bist krank!
Ok, Schubabidubabiba, dann ist ja bidubidabida alles klar!***(GngMfbr)**
Alles Scheiß-, alles Scheiß-, Alles Scheißejal, Alles Scheißejal!
Ok, da ist nichts, da ist gar nichts, Alles Scheißejal, ja Scheißejal!

Hmm, wir lassen dich jetzt fliegen, ja fliegen, das kannst du doch, fliegen?
Schbidubidubidu babidababida Schubidubidu babidabida! ***(GngMfbr)**
Fliegen, ja fliegen: **Wir feuern Dich**, Schbidubidu Babida, **Alles klar?**
Schbidubidu alles Scheißejal, alles so klar so klar, Schubidubidu Scheißejal ejal!

Zuschauer

Stell Dir vor, alle Welt schaut Dir zu, Du bist der **Star,**
das ist geil, die Leute lieben Dich weil Du etwas tust, was Ihnen gefällt!

Stell Dir vor, alle Wert schaut Dir zu, Du bist ein **Normalo,**
Etwas befremdlich, Du verstehst das bestimmt nicht, vielleicht zeitweise ganz amüsant,
Wenn Du geschickt bist, lässt sich Kapital draus schlagen.

Stell Dir vor, alle Welt schaut Dir zu, Du bist ein **Versager,**
Verarschen kannst Du Dich auch selber!
Jetzt weißt Du, wie grausam die Sensationsgier der Leute ist.

Müde

Ein Leben ohne Zukunft macht müde,
ein Leben ohne Freunde macht einsam,
ein Leben ohne Freude macht schläfrig,
ein Leben ohne Erfolge macht schlapp,

Das Ausblenden der Spiegelbilder
kostet Kraft, aber was ist ein Spiegel wert,
aus Doppelmoral, in unqualifizierter Billigausführung,
mit Autoparaden, Konvoigehabe und Abgaspropheten.

Die Suggestive Kraft von KFZ –Kennzeichen

Applaus! Bravo! Du fliegst: - **OF FLY 288**
Was ist eines Menschen Wert?: - **AH DM 55**
Was ist Dein Leben noch wert, nach allem?: **NU LL 269**
370 Euro zuzüglich Heizkosten im Monat, ist das alles?: **BO FV 444**
Dazu kommt noch die Anpassungspauschale, fürs anpassen!: **HH NB 666**

Was kannst Du tun um an einen Job zu kommen?: **F GO 444**
Wenn sie mit Dir fertig sind, weiß Du was Du ihnen wert bist.: **Rüd MU 666**
Das ist genau das, was sie noch für Dich übrig haben.: **AF YF 6000**
Du könntest Ihr zu Füssen fallen, wie ein Träumender!: **ME LN 1007**

Huldige verzückt vor Freude Ihren Großherzigkeiten!: **HH KO 777**

Glaubensbekenntnis

Ja, ich glaube, dass was ich sehe,
an alles was sich bewegt.
Und an mich, weil ich mich spüre,
und an Dich weil ich Dich spüre.

An das, was sich im Experiment bestätigt,
an das, was sich in der Natur erkennen lässt,
an alles was real, beschreibbar, berechenbar ist,
und an zwei Unterschriften unter einem Vertrag.

und an Dein Wort, wenn Du es mir gibst.
An alles andere kann ich nicht glauben,
solange, bis ich es sehe!

Vom Monolog zum Dialog

Also gut, du willst den Dialog?
Bist interessiert, oder nicht?
Was willst du dann sagen, sag´s!
Ich bin ein offener Mensch, wir können über alles reden.

Aber reden müssen wir, wenn du etwas willst!
Was ich will? Habe ich das nicht gesagt?
Aber ich sag´s gern noch einmal! Im Dialog!
Ich kann keine Gedanken lesen, noch nicht!

Also, sollte es einen Weg geben, vom Monolog zum Dialog

Der Vogel, das Lied und der Käfig
(Vom Paradiesvogel)

Sie fingen sich einen Paradiesvogel, sperrten Ihn in einen Käfig,
gaben Ihm genug Körner zu fressen, und Wasser zu trinken.
Allerhand Kunststücke und Fertigkeiten brachten sie ihm bei,
der schlaue Vogel lernte alles, was sie ihn lehrten.

Nur hin und wieder wirft er einen Blick, auf die anderen Paradiesvögel,
die seinen Käfig umschwirren, schon lange lebt er nun in dem Käfig.
Der Vogel flatterte mit den Flügeln, und singt sein Lied,
von der Freiheit und von der Liebe!

Als sie ihn frei lassen, sagten sie „flieg, flieg!".
Der Vogel indes, versteht nicht, setzt sich auf einen Stein.
Da stupsten sie Ihn vom Stein und rufen laut: „Flieg du Vogel!",
der Vogel aber hüpft nur von einem Stein zum andern.

Endlich verscheuchen sie Ihn und sperrten den Käfig zu.
Sie werfen Steine nach Ihm, um Ihn zu vertreiben,
doch anstatt zu fliegen, fällt der Vogel tot um.

Schlagwechsel

Der Kork mit einem Schweif aus weißen Federn,
fliegt als Parabel himmelhoch, durchsiebt die Luft.
Lässt hinter sich das grün gestrickte Netz aus Schnur und Ledern,
gewinnt an Fahrt und rast gen Boden - noch bevor die Energie des Aufpralls dort
verpufft,

läuft der zum Sprung geduckte Spieler ein, zwei Schritte,
ein Stoß, ein Absprung, und nach vorne schnellt der Schläger.
Im Fluge trifft den Ball der Schlag, er zischt über die Mitte,
der Gegner läuft gebückt nach vorn, die Bahn des Balls wir immer schräger,

der Gegner baggert, trifft vor dem Boden noch das Ding,
der Ball wird sanft über das Netz gehoben.
Der Spieler sieht's, und führt den nächsten Schlag mit maximalem Swing,
die hintere Ecke rechts, dorthin wird der Ball geschoben.

Den Gegner graust's er rast mit allerletzten Kraft,
fast hechtend wird der Ball zum Netz zurück geschlagen.
Doch völlig ungebremst führt dort der Spieler seines Schlägers Schaft,
nicht zu erreichen für den Gegner, dessen Füße ihn so weit nicht tragen.

Wundertherapie

(Auf Plazebo)

Als ich an einer ernsten Mangelerkrankung des Herzens litt,
da wusste ich sofort, was mir fehlte, denn nicht selten ist der Patient der beste Arzt.
Weil aber die Medizin nicht sofort verfügbar war,
bettelte ich insgeheim um Wärmetherapie und Vitamin F.

Die Schmerzen waren oft unerträglich und alles war tunnelartig dunkel.
Ich war sprunghaft, ängstlich, niedergeschlagen und verunsichert einfach herzkrank.
Aber die Medizin-Männer und -Frauen (MMs) wollten mir die Medizin nicht geben,
und dachten sich etwas aus, das wie eine Selbstheilung funktionieren sollte.

Meine Erkrankung war den MMs wohl bekannt, aber ich bin kein Privatpatient.
Und obwohl sie meine Erkrankung kannten, zögerten sie bei der Behandlung,
und ein paar ganz gewitzte unter Ihnen, hielten die richtige Medizin zurück.
Mein Körper sollte in Eigenleistung, Energie und Wärme erzeugen.

Statt des Medikamentes sollte mich eine neue Wundertherapie heilen.
Bei der Wundertherapie wird Placebo verabreicht, und dann kommt das Wunder!
Das Placebo lässt den Patienten an eine Heilung glauben,
so dass dieser über sich selbst hinauswächst, und übers Wasser geht oder fliegt!

Statt Medizin bekam ich also Placebo, schön bunt, dreimal täglich.
Und alles stand, glotzte und wartete darauf, dass das Wunder fliegt.
Doch das Wunder wollte sich nicht einstellen, bzw. es kam nicht dahergeflogen,
alles war schön bunt, mein Herz schmerzte weiter, jahrelang auf Placebo.

Dieser Schmerz hätte mich nun umgebracht, wenn ich nicht heimlich,
ohne Rezept in der Apotheke, die Medizin gekauft hätte, die ich brauchte.
Da war das Theater groß, alles schrie: „Ohne Rezept!", „Diese Medizin, ohne Rezept"!
Doch meine Heilung vollzog sich rasch, dank Wärme und Vitamin F!

Das Placebo rühr ich seit dem nicht mehr an, alles schön bunt hier! Na wenn schon!
Was mir geholfen hat, war die echte Medizin, lass sie doch schreien die MMs!
Lieber eine Heilung ohne Rezept, als der plötzliche Herztod nach Placebo!
Ein Rezept kann ich mir immer noch besorgen, aber ich hab die Medizin!

Dimensionen der Kommunikation

Eindimensionale Signale der Kommunikation

Bei einem eindimensionalen Signal nimmt eine Person Menschen wahr, die in direkter Linie, quasi auf einer Geraden auf die Person zukommen und dann an ihr vorbeilaufen. Das gleiche gilt für Autos die ihr entgegenfahren. Farben sind Bestandteil eindimensionaler Signale, wobei es sich bei der Farbe um eine ordinale Größe handelt.

Zweidimensionale Signale der Kommunikation

Beim der zweidimensionalen Kommunikation interessieren sich zwei Personen für ein Objekt X. Dieser Ansatz zeichnet sich dadurch aus, dass die Person A und die Person B ein gemeinsames Interesse verbindet. Die mittlere Verweildauer an einem Ort in der Nähe des Objektes X ist höher, und es kann zu einer Kontaktaufnahme verbunden mit einem Gedankenaustausch kommen. Im Zuge eines Gesprächs kann aus einem zufälligen Kontakt ein gerichteter Kontakt entstehen. Der Vorteil dieses Ansatzes zur Kommunikation liegt darin, dass er Zeit bietet für Reflektion und für bewusste Entscheidungsprozesse.

N dimensionale Signale der Kommunikation

Beim N dimensionalen Ansatzes kommuniziert der **Mensch A**, mit **n** Menschen **Bx bis Zx**, die ihm mit einseitig gerichtetem Interesse begegnen. Zu vergleichen ist die Situation mit **n Stahlen** die sich in einem **Punkt A** treffen, so dass ein Stern (engl. Star) entsteht.
Die Aufmerksamkeit aus der Sicht des Schnittpunkts A bezüglich der Strahlen ist rein statistisch verteilt. Die Aufmerksamkeit des Schnittpunkts A verteilt sich in Bruchteilen von Sekunden auf die einzelnen Strahlen. Eine Entscheidung für eine Bewegung (bzw. einen Blick) an einer der Strahlen **Bx bis Zx** entlang, konkurriert mit der Wahrscheinlichkeit für die Entscheidung für einen beliebigen anderen Strahl. Eine Entscheidung für eine der Bewegungs- (oder Blick-) Richtungen zum **Zeitpunkt X** ist rein statistisch und infolge der Überlast der Signalverarbeitungsprozesse rational nicht abgesichert. Die Beweglichkeit d.h. die Reaktionsmöglichkeit des Schnittpunkts auf die Signale der Geraden einzugehen geht daher gegen Null. Der Schnittpunkt ist quasi festgenagelt, durch die Informationsdichte am Ort A der sich bündelnden Strahlen.

Eine sichere Möglichkeit der Fortbewegung in einer solchen Situation ist eine Gerade, vom **Ort O1** des Interesses der **Dimension X1**, zum **Ort O2** des Interesses der **Dimension X2**. Bei dieser Art der Fortbewegung werden die Signale der Strahlen im Schnittpunkt ignoriert (Ausblendung). Lohnende, d.h. verfolgenswerte Signale fallen so leider der Masse der Signale zum Opfer.

Die Konzentration des Schnittpunkts A auf einen der Strahlen n würde den „**Alles oder Nichts Ansatz**" ins Spiel bringen. Dieser Ansatz hat eine statistische Dimension.

Der „ Alles oder Nichts" Ansatz für N dimensionale Signale der Kommunikation

Beim **Alles oder Nichts Ansatz** kommt es darauf an, von jetzt auf gleich eine Aktionen zu wagen. Dieser Aktion ist das **Alles Prinzip** und der volle Einsatz. Wird diese Aktion nicht gezeigt resultiert das **Nichts Prinzip**.

Es lässt sich zum Zeitpunkt X oft nicht klar definieren worin diese erwartete Aktion besteht, da die Signale in der N dimensionalen Kommunikation (s.o.) nicht eindeutig auswertbar sind.

Die zugrunde liegenden Informationen müssten mit einem Hochleistungscomputer blitzschnell ausgewertet werden, sonst geht die Fehlerwahrscheinlichkeit gegen Unendlich. Wenn die **Anzahl der Strahlen n** bekannt ist, und die **Anzahl der erfolgversprechenden Strahlen Xfn** aus der **Menge der Strahlen n**, lässt sich eine **Wahrscheinlichkeit W(Xf)** für das Alles Prinzip berechnen.

Der Erwartungswert im Zentrum der Aufmerksamkeit indes geht bei diesem Ansatz gegen Unendlich. Der alles oder nichts Ansatz zeichnet sich durch Unstetigkeit aus. Natürlichen Größen wie z.B. die Normalverteilung sind außer Kraft gesetzt. Der Effekt der hier gezeigt werden soll ähnelt der Wahrscheinlichkeit beim Roulett, wobei man alles auf eine Karte setzt, alles gewinnt oder alles verliert. Es gibt auch eine Analogie zum „russischen Roulett", denn wenn man alles verloren hat, kann man sich gleich die Kugel geben.

Das Problem bei diesem Ansatz ist ein Energetisches, weil der Einsatz (Die Energie) mit der Anzahl der Versuche sinkt, wenn man nicht gewinnt. Geht die Anzahl der Versuche gegen Unendlich, geht der Einsatz gegen Null.

.

Vorbei

Kinder gibt es nur noch auf dem Papier,
in den Gerichtsakten der Sorgerechtsprozesse.
Die Vertragswerkstädten deutscher Volkswagen- Werke
lassen die Autos Ihrer Kunden auf den Serviceparkplätzen verrotten.
Von Amts wegen, werden Arbeitslose für Statistiken gezüchtet,
die bekommen die Chance auf eine Hartz IV Karriere.
Denunziation unter Kollegen ist ein einträgliches Geschäft,
das den eigenen Arbeitsplatz sichert!

Vorbei gehst Du, ohne einen Blick oder mit Blick und geradem Schritt,
nur auf die Vögel ist noch Verlass, im Sommer morgens um vier.

Göttin Fortuna

Du Göttin des Zufalls,
Ich werfe mich an Deinen Busen.
In deinen Klingelbeutel opfere ich,
am Rolletisch und im Lotto.

Nur Du kannst mir noch helfen,
wo finde ich Dich, Du Botin des Glücks.
Du bist die Schöpferische, Kreative, Evolutionierende,
die Götter der Rechtschaffenheit sind kraftlos geworden.

Deine Wahrscheinlichkeit ist meine Chance,
Bei Dir kann ich noch finden, was andernorts ausgelöscht wurde.
Du Göttin des Schicksals, beglücke mich mit unwahrscheinlichem Lohn,
auch der wahrscheinlichere würde mir schon reichen.

ONLINE Stellenanzeige

Wir sind die Allerbesten auf unserem Gebiet, und für ein international agierendes Unternehmen auf dem Gebiet der Verkehrsmedizin, suchen wir Sie, den erfahrenen, promovierten, hundertprozentigen Spezialisten (Naturwissenschaftler, Ingenieur, Philologen) für interkulturelle, transglobale Projekte. Sie sind es gewohnt, erfolgreich die Zusammenarbeit von crossfunktionalen Teams mehrsprachig zu managen, wobei Sie Ihre, in jahrelanger Tätigkeit in ähnlicher Funktion erworbenen, medizinischen Fachkenntnisse, und Ihr Spezialwissen zu verkehrstechnischen Knotenpunkten, erfolgreich für die Planung und Koordination der interkulturellen Projektinfrastruktur einsetzten. Sie sind Generalist, Teamplayer und Fachmann in einer Person. Ihr Optimismus lässt sich auch von einer Weltwirtschaftskrise nicht ins Boxhorn jagen. Mit Ihrer fachlich fundierten Erfahrung bringen Sie mühelos, auch das komplizierteste Projekt termingerecht ins Ziel.

Im Namen unseres Kunden bieten wir Ihnen die Chance, in einem kreativen, virtuellen und transglobalen Team durchzustarten. Sie erhalten von uns einen Chefsessel mit Schleudersitzfunktion, sowie einen neutralen Firmenwagen mit Ariane Triebwerk.

Sie sprechen fließend arabisch, englisch, französisch und russisch, und sind es gewohnt hyperdisziplinär zu denken, dann zögern Sie nicht und bewerben sich telefonisch, oder direkt elektronisch per Flaschenpost auf unserer Homepage.

JOB MACHINE GLOBAL
The virtual Job Company
Frankfurt – New York – London – Moscow
Flexway XXL 66 i
66666 Frankfurt

Blätter im Herbst

Die Nacht noch in den Gliedern, steige ich aus dem Bett,
trostlos, grau wabert der Nebel auf der Straße.
Irgendwo da oben ist ein Flieger zu hören, höre ich Stimmen?
Nein, es sind akustische Irrlichter, bin schon zu lange allein!

Nachdem ich das Bett zusammengeschoben habe, starte ich die Kaffeemaschine.
Die Schlagzeilen im Geraschel der Zeitung verraten mir: Die Banken haben es besser!
Solche Zahlen, elfstellig, habe ich selten gesehen, am Ende das Euro Zeichen,
Rettung der Finanzanstalten in 14 Tagen, ich war wohl an den falschen Instituten.

Wie mir die sozialen Ämter mitgeteilt haben, die jetzt „Job Center" heißen,
weil sie für alles andere zuständig sind, nur nicht für den Namen den sie tragen,
bin ich nicht mehr versichert. Vorsorglich, teilte man mir schriftlich mit,
„während wir uns nun im dritten Monat mit Ihrem Antrag beschäftigen",
werden Sie besser nicht krank, oder kümmern sich irgend anders um Versicherung.

„Für Ihre Miete fühlen wir uns nicht zuständig",
teilt man mir noch mit, frei nach dem Motto:
„Kümmern Sie sich doch um eine angemessene Parkbank mit Spiritusheizung"
Mir wird klar, wie die Prioritäten in unserem piekfeinen Sozialstaat verteilt sind,
dem Kapital werden die Brücken gebaut, gut zu sehen auf den kleinen Scheinen.
Wer hat dem wird gegeben, wer nicht hat, dem wird auch der letzte Rest genommen.

Ein Blick durchs Fenster verrät mir, dass auch die letzten Blätter fallen: Es sind…
Feigenblätter!

Im Varietee ohne Eintritt

Als Ihr mir zusaht,
habe ich für Euch den Clown gegeben.
Habe Euch meine Träume verraten,
und meine Ideen aufgeschrieben.

Meine Gedichte habt Ihr gelesen,
meinen Geschichten gelauscht.
Ich habe für Euch die Hosen herunter gelassen,
der Strip hat Euch gefallen.

Ihr habt Euch alles gut angesehen,
habt meine Ideen zu Markte getragen.
Aber Ihr habt nicht bezahlt,
gebt mir eine Waffe,
damit ich mich erschießen kann!

Das Märchen vom Fliegen

Eines sonnigen Tages bauen Sie ein Flugzeug,
aus lauter bunten Farben besteht das Cockpit.
Die Flügel sind aus dem Stahl von Autoblechen,
der Treibstoff ist fließende Traumenergie.

Flug ins gelobte Land, steht auf dem Ticket,
das sie Einem in die Hand drückten, als es losgeht.
Das Flugzeug, der reinste Jet jagte los und fliegt,
mit Traumstoff pur, Loopings, Schrauben, reinstes Haschisch.

So bunt wie nie zuvor, Vollgas und sexy jeden Tag,
„vergiss nicht zu landen, sonst kommst du nie an!".
Wie landet man einen Jet ohne Fahrwerk, ohne Bruchlandung,
im Überschall rauschen die Farben vorbei.

Sie schmeißen Einen raus, überm Feld, mit Fallschirm natürlich,
bunte Flecken leuchten in der Sonne und kommen schnell näher.
Die Reißleine ziehen und sicher landen, doch der Fallschirm klemmt,
ein dumpfer Aufprall, mit halb geschlossenem Schirm, aus großer Höhe.

In den grünen Rasen gerammt, knapp am Rosenbeet vorbei, in fast freiem Fall,
Einer weiß nicht, wie Ihm geschehen ist, er sortiert seine Knochen!
Vom Fliegen hat Einer genug, das Märchen hat gesessen,
die Angst vor dem freien Fall, wird Einer nicht mehr los.

Zehn Effekte der Erosion

Macht gebiert Ohnmacht,
List erzeugt Widerstand,
Unrecht ist der Vater des Zorns,
Armut ist die Mutter der Krankheit,
Ironie untergräbt den Respekt,
Illusion erzeugt Blindheit,
Täuschung jagt Vertrauen,
Not erfindet die Lüge,
Kontrolle gefriert die Freiheit,
Überlegenheit erzeugt Kleinheit.

Wo bleibt die Liebe?

Die talentsiebende Schubladenwanze

Da sitz die kleine Wanze an zentraler Stelle,
sicher im gemachten Nest, und ordnet ihre Schubladen.
Es ist die Schubladenwanze, gut bezahlt immer obenauf.
Anderen kaut sie ein Ohr ab, oder amputiert einen Arm,
oder ein Bein, hackt an einem Kopf, säbelt einen Fuß,
der gerade nicht, in eine Ihrer kleine Schubladen passt.
Da sitz sie dick und fett, die kleine Schubladenwanze,
das selbsternannte Herrentier über die Laden, leckt sich den Rüssel.
Das fette kleine Ding, mit den Großen Ohren und den Telleraugen,
die unschuldig zusehen, wie der Berg der amputierten Gliedmaßen wächst.
Leckt sich den Rüssel, reibt sich den fetten Wanst und grunzt tief und satt.
„Ab das Bein" und „weg die Hand" murmelt das Tier immerzu im Takt der Säge,
die das ordnungsakribische kleine Scheißmonster emsig schwingt.
„Jaaahh", wiehert es pferdisch, „Immer schön klein-klein, in die Schublade hinein".
„Jaaahh", „ab den Arm und ab das Bein, Ordnung, Ordnung die muss sein".
Talente, die nicht in den geordneten Kram ihrer Schubladensystematik passen,
werden ruck zuck abgemacht oder aufgefressen, der verbleibende Krüppel weggesperrt.
Lade auf, Krüppel rein, Schlüssel rum – passt noch nicht?, Weitersägen!

Was bleibt bloß übrig vom Krüppel?

Die Affen vorm Fenster

Ein Mann sitzt am Fenster,

er sieht lauter Affen vorbeikommen,
rote, grüne, braune und gelbe Affen.
Die roten Affen essen gern Tomaten,
die Grünen sind heiß auf Gurken,
und die Gelben sterben für Paprika.
Über die Braunen weiß man nicht Bescheid!

Die lila Affen haben heute frei.
Sprechen können die Affen nicht,
denn sie gehen noch in den Affen - Kindergarten,
dort ist alles ganz affenleicht.

Die grünen Affen sitzen auf grünen Stühlen,
die gelben Affen sitzen auf gelben Stühlen,
und die roten Affen sitzen auf den roten Stühlen.
Die Paviane bleiben immer zu lange sitzen,
Braune Affen gehen schon in die Affen – Schule,
und die lila Affen, haben wie immer alles verschlafen.

Ob die Affen jemals sprechen lernen ist nicht bekannt!

Der Spuk

Er setzt sich ins Ohr, wie ein Männchen,
hat seine Augen überall offen,
und trommelt seine Botschaft auf Fell.
Über Hammer Amboss und Steigbügel,
gibt's was auf die Schnecke!
„Schlaf gut", „Gute Nacht" und „Tschüß",
„Guten Morgen", „Alles klar" und „Stark",
„Tschüß", „Schlaf gut", und „Machs gut" [x].
Durch die Fenster kommt der Spuk ins Haus,
und trommelt wie bekloppt aufs Fell.
Sucht einen Weg zu finden ins Hirn!
Doch wenn Du Ihn suchst, ist er nirgendwo,
nicht zu fassen, da hilft nur eins:
Alle Gehörgänge abdichten, durch die er kriechen will.
Und reib Ihm die ganze Wahrheit unter die Nase!
Fakten will er nicht verstehen, die kann er nicht.

Moachs besser Spuk!

[x] Der Spuk in Bayern sagt vermutlich „Moachs guat"

Maggi Tütengeflüster

In Filzpantoffeln schleichen die Autos,
wie ein Tross von Zauberern,
durch die Straßen der Siedlung und flüstern,
auf weißen Kennzeichen, Zaubersprüche ins Tütchen.

Eine Magie des Überraschungspaketes,
liegt über meiner Strasse, und kleine Hexen schweben,
auf Ihren fliegenden Besen, am Fenster vorbei,
doch Ihrer Schönheit Zauber, verstört die Flüstertütchen.

Der Kaspar sagt: Diese Suppe esse ich nicht,
die Suppen von Geknorr, ohne Maggi sind mir lieber!

Den Wahnsinn wegstöpseln

es heulen die Stimmen, es johlt der Mob,
heuchlerisch und laut lacht die Frau,
laut grölt der Mann ins Gelächter,
der Chor lacht, brüllt und johlt immerzu.

Hahahah, hohohoho, Schlaf gut,
Gute Nacht, Gute Nacht, Schlimm, Schlimm,
Hohohohho, Hahahahah, Tschüs, Tschüs,
Hihihihihi, Guten Abend, Schlaf gut….

Es langt! Ich stopfe mir die Ohren zu,
eine himmlische Ruhe umgibt mich,
ich tauche ein in ein Meer von Konzentration,
der Wahnsinn ist jäh verstummt, erloschen.

Der Spuk hat sein letztes Pulver verschossen.
Die Platte hat den Sprung ins Jenseits, der Mob ist tot.
Der Wahnsinn ist KO, krepiert hinterm Stöpsel.
Stopfen links, Stopfen rechts, alles ist gut!

Was haben Frauen mit Stöpseln zu tun?
Im Doppel geben sie wohl, ein ganzes Himmelreich!

Anonymous restless talking Clochard Organisation (ArtCO)

In meiner Straße gibt es einen „talking point" der ArtCO,
eine Organisation zur Rettung der Welt.
Das humane Pendant des Pferdeflüsterers,
wie geschaffen, um die Gemüter friedlich zu stimmen.

Etliche dieser „talking Points", befinden sich an strategisch wichtigen Orten,
so wird in der Bundeshautstadt Politik gemacht.
Die Friedenspolitik und die Wiedervereinigung werden der ArtCO zugeschrieben,
als Hartz IV beschlossen wurde, waren die im Urlaub.

Ein Institut zur Eheanbahnung durch die ArtCO, befindet sich noch im Aufbau,
wer keinen Job hat, arbeitet in Zukunft, für eine der zahlreichen ArtCOs.
Talking for Peace, Talking for better politics, Talking for Love, heißen die Gruppen,
Die Mitglieder, der sich ausbreitenden Bewegung, tragen den Spitznamen:
„talking tigers".

Die politische Bedeutung der Organisation wird oft noch unterschätzt,
so wird gemunkelt, dass internationale Erfolge im Klimaschutz,
auf die ArtCO zurückgehen.
Und wenn mal etwas schief läuft, kann man die ArtCO verantwortlich machen,
ohne die ArtCO, wäre es einfach totenstill im Lande.

Teil IV: Geschichten

An der Tür zum Paradies

Er war jetzt oben auf dem Turm. Es war ein wunderbarer Sommertag. Vögel flogen mit einer inspirierenden Leichtigkeit durch die Luft. Tief unter Ihm musste das Blau des Beckens sein, in dem sich das helle Licht der Sonne reflektierte. Er war schon oft gesprungen und wusste, wie er die Füße setzten musste, damit sein Körper beim Absprung in einer bogenförmigen Bewegung, den Kopf voran, elegant nach unten fiel. Diesmal war es anders, denn es war der Sprung seines Lebens. Er konnte alles gewinnen: Die Frau dort unten am Rand des Beckens, das er nicht sehen konnte, die schön war wie ein Traum und genau jetzt zu Ihm hochsah, und das Preisgeld mit dem er alle Sorgen loswürde. Alles wäre gut! Er wollte springen und dieser Sprung sollte sein Leben retten. Es konnte für Ihn ein neues Leben geben, er stand an der Türschwelle des Paradies. Das musste Ihm so vorkommen, nach all den Jahren in denen er wie ein Gefangener gelebt hatte. Der Manipulation hatte man Ihn angeklagt. Er habe vorsätzlich unerlaubte Substanzen eingenommen, um sich so einen Vorteil zu verschaffen. Drogen hatte man bei Ihm gefunden, das war das Ende seiner Laufbahn als Turmspringer gewesen. Alle hatten sich von ihm abgewandt, nachdem es bekannt wurde. Er verlor seinen Job und seine Familie. Dann musste er sich einem Cleaning-Programm unterziehen, bei dem er rund um die Uhr überwacht wurde. Jede Handlung die Ihn auch nur dem Verdacht aussetzten konnte rückfällig zu werden, oder abhängig zu sein musste vermieden werden. Am schlimmsten waren der Imageverlust, die Demütigung einer lückenlosen Überwachung, und die erlebte Ausgrenzung. Weil er die Regeln der Fairness verletzt hatte, wurde er von seinen früheren Kameraden gemieden. Das Cleaning- Programm machte ihn zu einem Mann mit eingeschränkten Rechten. So war er dem Hohn und dem Spott des Mobs ausgeliefert, wenn er auch nur einen Fuß in ein Schwimmbad setzte. Es war für Ihn die Hölle gewesen. Kein Wunder das er sich nach einer Erlösung sehnte.

Nach Ablauf der Frist für das Programm hatten Sie ihm angeboten durch einen Sieg beim Turmspringen sein Leben zu retten. Eine vollständige Rehabilitation hatten sie Ihm angeboten. Ein Sieg würde Ihn zu einem freien Mann machen. Und wohlhabend genug, um mit der Frau da unten ein neues Leben zu beginnen. Das war seine Chance. Wenn er verlor, dann war alles vorbei, und sein Traum von einem neuen Start würde zerplatzten wie eine Seifenblase. So ließ er sich auf den Wettkampf ein, sie ließen Ihm auch nicht die Wahl. Den Ausschlag für seine Entscheidung zu springen hatte schließlich die Frau gegeben, die da unten stand und die Hand hob. Sie stand am Rand des Beckens inmitten einer Menge Leute. Der Mob der ihn sonst verhöhnte feuerte Ihn an. Er konnte nicht darüber nachdenken sondern konzentrierte sich auf den Sprung.

Als er Anlauf nahm, spürte er die Kraft in seinen Beinen. Seine Sehnen spannten sich, als er wie im Zeitraffer einen Schritt vor den anderen setzte, mit einer Leichtigkeit, die Ihn selbst überraschte. Dann der Absprung: Er schnellte nach vorn in einem perfekten Bogen. Und als er endlich mit gestrecktem Körper kopfüber nach unten flog wusste er, dass es der beste Sprung seines Lebens war – einfach perfekt.

Im freien Fall, kurz vor dem Ziel, als er die Reflektion des Sonnenlichtes an der Wasseroberfläche vermisste, wurde ihm auch klar, das dies sein letzter Sprung war. Er riss den Kopf herum um in die Augen der Frau zu blicken, die am Beckenrand stand und nun lachend die Hand in die Luft hob, wobei der Ring an Ihrem Finger aufblitzte.

Der Bettelmann

Er sitzt an der Hauptwache in der City, jeden Tag im Sommer, wenn es schön ist. Vor im liegt eine Decke voll mit bunt bemalten Steinen. Ein Stein für ein Brot steht auf dem Schild neben dem umgedrehten Hut, der vor der Decke auf dem Weg steht. Es überkommt ihn ein klein wenig stolz, wenn er daran denkt, dass in vielen der Häuser in der Stadt seine Steine auf Fensterbänken, Schreibtischen und Bücherregalen liegen. Und daran muss er denken, wenn sie an Ihm vorübergehen, die eleganten Frauen und die hochgewachsenen Herren der Stadt. Daran denkt er auch, wenn Kinder lachend an ihm vorbeilaufen, oder die alte Frau mit dem Hund an der Leine vorbeigeht, wobei sie sich auf Ihre Krücken stützt.

Er hat nicht immer Steine verkauft, der alte Mann mit dem leicht verwitterten Gesicht und der gelben Regenjacke. Er hat in einem Haus gelebt, im Grünen. Zusammen mit seinen Kindern und einer Frau. Morgens war er in seinem Auto zur Firma gefahren, und hatte auf dem Weg dorthin den Sohn in den Kindergarten, oder die Tochter zur Schule gebracht. Er hatte den ganzen Tag zu tun. Das war bevor er seinen Job verlor, und seine Frau ihm dann Ade sagte.

„Ich bin in die Hände meiner Mitmenschen gefallen", sagt er sich. Und es ist ihm nicht klar, was den Stein ins Rollen gebracht hat. „Sie haben mich herausgepickt und kein Auge mehr von mir gelassen", Warum habe Sie das gemacht? Er hat die absurdesten Dinge erlebt. Aber keiner hat ihm die Hand gereicht, oder ein vernünftiges Wort mit ihm gewechselt. Er war ein Star, ganz hoch oben - aber ganz weit weg und nur Objekt. Sie sind ihm gefolgt auf Schritt und Tritt, er war praktisch nie allein. Wie stalkend sind sie ihm gefolgt, haben ihn angeglotzt, in die Irre geführt oder verlacht. Eigentlich eher ein Clown als ein Star, denkt er. Und sie haben mir den Eindruck vermittelt immer unter Beobachtung zu stehen. Doch dann haben sie ihn fallenlassen, erinnert er sich. Einige haben ihn aus der Firma gedrängt, nachdem sie Gerüchte gestreut hatten, und ihn jeden Tag neu wie eine Spieluhr aufgezogen haben. Sie haben seine Ideen verdreht und ihm die Würde genommen. Genau so fühlte er. Und immer wieder haben sie sich etwas Neues einfallen lassen, um provozieren zu können, haben ihr Spielchen gespielt und hatten Ihren Spaß dabei. Alle Versuche sich zu wehren, mussten an der Übermacht scheitern, der er sich gegenüber sah. Er ballt die Faust in der Tasche, und spürt wie die Knöchel seiner Finger weiß werden. Sie haben ihn dazu gebracht seine Ideale zu verraten, denkt er. Sie haben alle seine Aktionen ad absurdum geführt. Er hat sich darauf verlassen können, dass hinter jeden zweiten Ecke ein Fettnapf aufgestellt war, und aus allem haben Sie eine Falle gemacht. Und man kann aus fast allem eine Falle machen, wenn man einen Menschen lange genug beobachtet hat. Sie haben die Kontrolle bekommen. Er wusste nicht, das man jemanden so klein machen kann, denkt er, so dermaßen klein, dass er eines Tages nicht mehr in den Spiegel schauen mochte, aus Angst vor der Gestalt die er sehen würde.

Und dann war es egal geworden, alles hatte seinen Sinn und sein Ziel verloren. Alle Regeln waren gebrochen worden, und es hatte keine Grenze gegeben, die nicht übertreten worden wäre. Eine Teilnahmslosigkeit hatte ihn übermannt, die ihm völlig fremd war. Dann hatte es ihm auch irgendwann nichts mehr ausgemacht sich in der City auf einer Kiste zu setzen, und Steine zu verkaufen.

Die schöne Italienerin

Es treffen sich drei Gestalten früh morgens auf einer Brücke am Fluss. Es ist noch dunkel und der kalte Nebel liegt über dem Wasser.

GOTT: „Sieh her mein Freund, Du hast nach mir gefragt und ich habe mich entschieden auf Deine Bitte zu antworten, denn lange hast Du nun gebeten. Ich will Dir geben, wonach Du gesucht hast."
Der Mensch ist hoch erfreut und voller Zuversicht. Der RABE indes hat alles mit angehört.

RABE: „Schau Dir an Mensch, was Du bekommen sollst!", sagt er mit listiger Stimme.

Es öffnet sich plötzlich ein Fenster im dichten Nebel, und ein Haus ist zu erkennen, in dem ein warmes Licht brennt. Es sieht alles sehr fein und auf eine unaufdringliche Art herrschaftlich. Am Fenster im Gegenlicht sind die Umrisse einer schönen Frau sichtbar, die sich ankleidet. Nur die weiblichen Formen und die Konturen eines wohlgeformten Gesichts sind zu erkennen. Die langen Haare fallen fließend bei jeder Bewegung. Das Haus steht in einem Garten voll von mediterranen Bäumen und Sträuchern, es liegt vielleicht an einem schönen See in den Bergen.
Der Mensch versucht einen Schritt nach vorn, aber so unvermittelt wie sich das Fenster geöffnet hat, schließt es sich im grauen Nebel wieder.

MENSCH: Reibt sich verwundert die Augen! „Und wie komme ich dorthin?", fragt er erstaunt. Er begreift wohl, dass er etwas erhalten soll, und würde der Schönen, die er so lebendig vor sich gesehen hat, gern eine Rose schenken. Aber das Bild ist im dichten Nebel so schnell verschwunden, wie es aufgetaucht ist. Ratlos starrt er in den grauen Nebel, aber eine Antwort erhält er nicht.

Die Stimme des Raben prägt sich in sein Gedächtnis ein. Der starrt Ihn nun wortlos, vom Brückengeländer aus, mit listigen Rabenaugen an! Der Mensch schöpft Verdacht und glaubt, dass Ihn seine Sinne getäuscht haben und er vergisst die ganze Sache.

Der Rabe aber fliegt nach Italien, und setzt sich auf die Baumspitze in den Garten eines schönen Hauses am See in den Bergen. „Kraah", ruft er triumphierend.

Die Italienerin, die in einem schönen Haus am See in den Bergen lebt, träumt in dieser Nacht: Ein Rabe stehe morgens im Nebel an Ihrer Haustür und trägt etwas im Schnabel. Früh am Morgen steht sie auf und öffnet die Tür. Als sie sich nach vorne beugt, sieht sie eine abgebrochene Rosenblüte auf der Türschwelle liegen.

Das Hochzeits- Handy
(Von der Liebeserklärung zur Hochzeit in 5 SMS)

Naumann wusste nicht wo es herkam, doch plötzlich war es da. Es war in seiner Tasche. Er konnte sich nicht erinnern es gekauft zu haben, und es roch nach Parfum, nach dem Parfum einer Frau. Es musste Ihm jemand zugesteckt haben. Er zog es aus der Hülle und untersuchte es genau. Es hatte einen integrierten Drucker, mit dem bunte Grußkarten gedruckt werden konnten. Man konnte anscheinend nicht damit telefonieren, aber es konnte Textnachrichten verschicken und empfangen. Gerade als er es in die Hand nahm, traf eine Nachricht ein, denn das Handy erzeugte einen summenden Ton und auf dem Display erschien die Message: „Hallo, lieber Herr Bernd Naumann im Goldenen Ring". Das Handy druckte eine Karte.

Naumann war völlig überrascht. Offensichtlich hatte Ihm eine Frau die Ihn kannte das Handy zugesteckt, eine Frau mit einem angenehmen Duft. Er hatte keine Ahnung, wer das sein konnte. Eingepackt war das duftende Paket mit einer großen bunten Schleife, und enthielt neben einer Anzahl bunter Photos, die aussahen wie Urlaubsfotos, noch einen Reiseprospekt. Die Karte, die das Handy druckte, war eine Einladungskarte zur Hochzeit. Unterschrieben war die Karte mit seinem Namen. Bernd Naumann setzte sich in den nächsten Stuhl, den er ereichen konnte, verschränkte die Arme hinter seinem Kopf und streckte die Beine weit von sich. Irgendetwas an diesem Arrangement hatte einen Nerv in Ihm getroffen. Er hatte keine Ahnung warum, aber dieses duftende Paket weckte in Ihm die Erinnerung an den Traum von einem Leben zusammen mit einer Frau, eine Erinnerung die er längst vergessen glaubte, von der er nicht einmal mehr angenommen hatte, dass es sie in seinem Kopf überhaupt noch gab.

Entweder das ganze war ein einziger großer Fake, oder aber hier hatte es jemand auf Ihn abgesehen, eine Frau die er nicht einmal kannte. Allein die Möglichkeit, die sich mit der zweiten Annahme verband, empfand er als unglaublich aufregend. Es war dunkel, er saß im spärlich erleuchteten Foyer des Hotels „Zum Goldenen Ring", und draußen brannten nur noch die Straßenlaternen.

Mehr noch elektrisierte Ihn die Vorstellung, dass er vielleicht ein Fisch an der Angel war. In dem Moment, in dem er das Handy aus der Verpackung zog, hatte es eine Nachricht empfangen, und es hatte die Einladung zu einer Hochzeit gedruckt, zu seiner eigenen Hochzeit. Ein wenig zu unwahrscheinlich für einen Zufall, eher programmiert. Wer auch immer diese Frau war, sie kannte Ihn nicht nur, sondern Sie wusste auch, wo er sich gerade befand.

Er warf noch einen genaueren Blick auf die Einladungskarte, die er hervorgezogen hatte. Wir laden herzlich ein, stand auf der Innenseite des Kartendeckels. Unterschrieben war die Karte mir seinem Namen und mit einem weiteren Schriftzug, den er nicht kannte, und auch nicht lesen konnte. Auf dem Kartendeckel ein Foto, das zwei goldenen Ringe vor einem Hintergrund aus rotem Samt zeigte, und als er die Karte umgedreht hatte, konnte er unten rechts auf dem Kartenrücken einen kleinen Schriftzug erkennen:

„von der Liebeserklärung zur Hochzeit in 5 SMS"

stand dort in feinen Serifen.

Die Bewerbung im Glashaus, Schach!

Er heißt Tom Klaro. Er lebt in einem Haus aus Glas, und alle seine Briefe werden lesen. Es wird registriert welche Post Tom bekommt. Jedes Wort das er ausspricht wird aufgeschrieben. Tom Klaro ist ein Nichts. Seine Vergangenheit wurde gelöscht. Tom Klaro will Schach spielen, und bewirbt sich bei der Internationalen Gesellschaft für Schach. Sehr geehrte Damen und Herren, schreibt er, hiermit bewerbe ich mich für die kommenden Weltmeisterschaften im Schachspiel. Der diensthabende Operator schickt ein Fax an die internationale Gesellschaft für Schach. Sehr geehrte Damen und Herren, schreibt er, Tom Klaro hat sich bei Ihnen beworben, er will Schachspielen. Tom Klaro lebt in einem Glashaus. Wenn sie mögen können Sie Ihn sehen, für den Fall ob es Sie interessiert, inwieweit Ihr Kandidat für das Schachspiel geeignet ist. Die Gesellschaft für Schach ist hocherfreut, und schreibt zurück: „Wir schicken jemanden vorbei". Der Mann kommt am Sonntag, und wirft gleich am Montag Morgen einen Blick in das Glashaus, indem Tom wohnt. Alles normal, denkt der, im Wohnzimmer steht ein Schachbrett. Er prägt sich die Stellung der Figuren auf dem Schachbrett ein. Das Spiel ist nach Kasparow eröffnet und Tom ist am Zug. Die große Rochade wäre ein guter Zug notiert der Mann von der Schachgesellschaft. Tom Klaro ist nicht in einem Schachverein, er hat kein Geld, denn er ist ein Nichts. Am Montag früh geht Tom zum Supermarkt und kauft ein. Der Mann von der internationalen Gesellschaft für Schach geht ebenfalls zum Supermarkt um einzukaufen. An der Wursttheke runzelt er die Stirn, als Tom eine Wurst ohne Schachbrettmuster verlangt. Noch mehr runzelt er die Stirn als Tom in einer Konditorei Pralinen einkauft, 500g runde Pralinen. Runde Pralinen registriert der Mann von der Schachgesellschaft, runde Pralinen nicht eckige. Tom sitzt den ganzen Tag am Computer und schreibt Briefe, und erledigt Formulare mit denen er die Miete für seine Wohnung beantragt. Dann beantwortet Tom seine Emails. Ein Schachzug ist nicht dabei, registriert der Mann von der Schachgesellschaft. Tom interessiert sich für die Oper und das Theater, denn er besucht die entsprechenden Seiten im Internet. Am Nachmittag spaziert Tom im Park, auch das registriert der Mann von der Schachgesellschaft. Tom geht an dem Riesenschachspiel im Park vorbei, denn er weiß dass die schwarze Dame fehlt. Der Mann von der Schachgesellschaft indes hat genug gesehen, und telefoniert mit dem Operator. „Tom ist nicht geeignet", teilt er dem Operator mit. „Sein Verhalten ist völlig untypisch für einen potentiellen Schachspieler von Weltrang". Am nächsten Morgen findet Tom eine Absage in seinem Briefkasten, das Schachspielen kann er nun vergessen. Er wirft die Bewerbung weg, und bringt das Altpapier in den Keller. Dort holt in die Vergangenheit ein. Er findet eine alte Zeitung aus dem Jahr 1990 in der ganz offensichtlich ein Bild von Ihm abgelichtet ist. „Der Juniorenweltmeister im Schach Tommy Quadrato besiegt den amtierenden Großmeister Toni Praline im Blitzschach" liest er in der Zeile unter dem Foto. Kann es denn sein, dass ich einen Doppelgänger habe wundert er sich, runzelt die Stirn und plötzlich weiß er: „ Die große Rochade wäre ein guter Zug".

Tom Klaro nimmt sich vor seine nächste Bewerbung zu schreiben. Er bewirbt sich als Parkwächter, um sich das Geld für den Schachverein zu verdienen.

Der Hacker im Himmel

Kommt ein Hacker in den Himmel, dort wird er vom lieben Gott reichlich belohnt.

Petrus wundert sich, dass dem Hacker der Stuhl des Oberhirten angeboten wird. Er fragt den Hacker, wie er sich in den Himmel gehackt hat.

Der Hacker erklärt, wie er zu der Ehre gekommen ist. Ich habe mir eine Gemeindeliste vom Dorfpfarrer besorgt. Darauf habe ich geschrieben: Lernziel Demut und Vergebung. Dann bin ich bei allen Leuten, die auf der Liste standen in den Computer eingebrochen, habe allerlei vertrauliche Dateien geklaut, und mir selbst Geld überwiesen.
Die sensiblen Daten habe ich denen gezeigt, die etwas damit anzufangen wussten. Die Leute wurden immer ärmer, weil ich mir Ihr Geld überwies, und andere mit Ihren Ideen Geld verdienten. So sind die Bettelarmen immer schön brav in die Kirche zum Beten gelaufen, weil es ihnen immer schlechter ging. Der Dorfpfarrer war immer sehr zufrieden, als er die Leute auf Ihren Knien rutschen sah. Auf eine andere Liste schieb ich: Lernziel Geduld. Diesen Leuten habe ich immer alle Konfigurationen ihres Computers verstellt, woraufhin sie täglich neu gelernt haben, nicht vor lauter Wut aus dem Fenster zu springen.

Aber hattest Du gar kein schlechtes Gewissen, die Leute zu betrügen, fragt Petrus?

Warum, entgegnete der Hacker, Ich habe hart gearbeitet, damit die Leute allerlei Tugenden lernen, und der liebe Gott war hoch zufrieden, als ich meine Einnahmen aus dem Handel mit Produkten zum Schutz vor Hacking, dazu verwendet habe, um das elfte Gebot zu patentieren.

Das lautet: „Du sollst Deinen Nächsten nicht hacken!"

So machte der Hacker eine Blitzkarriere im Himmel und Petrus war der Dumme.

Tag im Dezember

Es ist so ein Tag im Winter, wie man Ihn sich nicht gerade wünscht. Die Sorgen sind schon vor mir aufgestanden. Das Komplettmonitorprogramm läuft auch schon. Wie üblich werden meine Äußerungen, die ich schriftlich in Form von Bewerbungen von mir gebe, nicht ernst genommen. Meistens höre ich nichts mehr davon. Wie üblich ist das einzige Angebot, das dann kommt, das denkbar ungünstigste. Wie üblich habe ich schon am Morgen den Gedanken im Kopf, wo ich das Geld für die Pizza am Abend hernehme. Die dann auftretenden Kopfschmerzen bekämpfe ich erst einmal mit einer Aspirin. Die morgendliche Runde durch die kalte Dezemberluft liefert keine neuen Erkenntnisse. Nach meinem Botengang, mit dem ich versuche, etwas Geld zum Überleben aufzutreiben, das mir zusteht, aber nicht kommt, dann das erste Highlight des Tages. Das Highlight ist weiblich, läuft keine 50 Meter an mir vorbei, und sieht verdammt gut aus. Nach einem Einkauf gehe ich der Sache auf den Grund, eine Wiederholung der Erscheinung ist mir nicht vergönnt. Erst einmal eine rauchen! Das war's dann, Schade. Der erste Meilenstein des Tages ist erreicht. Mittagszeit, ein Apfel ist fällig. Eine willkommene Abwechslung in meinen Bemühungen, die Zeit des heutigen Tages erfolgreich totzuschlagen. Könnte klappen, die erste Hälfte ist schon geschafft. Leider gibt es keine tiefgreifenden, weltbewegenden Ereignisse, dabei währen die doch dringend nötig. Und gegen die Sorgen ist auch noch kein Kraut gewachsen. OK, wir (manchmal lenkt die Wir-Form davon ab, dass man eigentlich in der Ich-Form unterwegs ist) haben uns heute Morgen selbst davon überzeugt, dass wir noch leben. Kälte wird noch als kalt wahrgenommen, Hunger macht sich durch ein leichtes Knurren bemerkbar, und Highlights werden noch als solche gesehen.
Schulden auf dem Konto dagegen sind gefährlich, sie kratzen oder jucken nicht und tun auch nicht weh. Lassen wir das Thema lieber. Sorgen kommen von ganz alleine zurück, die sind hartnäckig.
Was läuft sonst noch so? Keine Ahnung! Wahrscheinlich nichts besonderes, wie gewöhnlich. Wie üblich, ein ganz gewöhnlicher grauer Tag, den man auch anders verbringen könnte. Nur das Schicksal will es nicht anders. Das Schicksal macht es genau so! So und eben nicht anders. Und dann kommt die Erkenntnis, vom Schicksal festgenagelt zu sein, quasi in die Zeit getackert, auf einer Einbahnstraße wie auf Rädern ins Nirgendwohin.
Es ist wie im dichten Nebel, wo alles aus der Vergangenheit und in der Zukunft sich verliert, wo es kein Ziel mehr gibt, jede Aktion entspringt dem Versuch, ein Stück Boden unter den Füssen zu behalten, im grauen nebligen Sumpf der Zeit. Jeder Tag ein Stückchen Stochern im Nebel, auf der Suche nach einem Weg. Die Erkenntnis hat sich Bahn gebrochen, das alles, was sich als Perspektive angeboten hat, im nächsten oder übernächsten Moment schon im Nebel der Zeit verschwunden ist, nicht wiederkommt. Jede Idee und jeder Plan, die wie Geistesblitze geboren werden, sind nur kurze Zeit später wieder in dem Strom versunken, der alles mit sich nimmt und nur eine Richtung kennt. Es gab früher tausende offener Wege, keine Ahnung wohin die verschwunden sind. Die sind aufgetaucht wie Lichtprojektionen im Dunkeln, hell und klar, und dann

ebenso schnell vergraut wie sie gekommen sind. Es tut sich eben nicht ein Weg auf und sagt: „Hier bin ich, ich sage Dir zu und bin gangbar", sondern alles verschwindet in diesem grauen Schlick aus toter Zeit. Dieser träge kalte Strom der sich langsam unaufhörlich vorwärts schiebt, alles verschlingt und nichts wieder hergibt. Was ist das Ziel dieser grauen trüben Zeitmasse? Die höchsten Konzentrationen, und die größte Dichte von gefühlter grauer Zeit findet man in verstaubten Büchern und auf Friedhöfen. Es lastet regelrecht eine Dicke Schicht aus abgestandener Zeit auf den Gräbern, in denen die Zersetzung regiert, und auf den Buchstabensärgen in denen Worte, die einmal in Gebrauch waren, in Erstarrung fixiert sind.

Das Schicksal ist Regent über Worte, die gesprochen werden, und über solche, die nicht gesprochen wurden. Und das Schicksal hat alles in diese fließende kalte neblige Masse aus grauer Zeit getaucht, die nur sehr selten von einem Highlight durchbrochen wird, wie heute Morgen an diesem Kalten Tag im Dezember.

Die Maus und der Schneemann

Eines schönen Tages im Winter, ereignete sich in der Schweiz, genauer gesagt im Kanton Wallis eine seltsame Begegnung. Weil diese Begegnung nicht eine war zwischen Mensch und Mensch, und auch keine zwischen Mensch und Tier, sondern eine zwischen Wüstenrennmaus und Schneemann, darum nennt man sie eine Begegnung der Dritten Art. Also wie gesagt fand diese Begegnung in der Schweiz statt, genauer gesagt in der Wohnung von Frau Fritsch.

Dort sah sich an einem schönen Tag im Dezember, an dem auch noch die Sonne schien, die Wüstenrennmaus Mona einem stattlichen Schneemann gegenüber, und traute Ihren Augen nicht. So etwas weißes, das die Leute in der Schweiz Schnee nennen, hatte sie zuvor ja schon einmal gesehen, aber einen Mann aus Schnee? Sie musste zwei und dreimal hinschauen, und die Kohlenknöpfe an seinem Wanst zählte sie viermal rauf und runter, insgesamt zwanzig (denn es waren fünf Knöpfe), bevor sie tatsächlich glaubte was sie sah. Auf dem Kopf hatte er eine rote Baseballkappe, und in der rechten Hand einen Eishockeyschläger. Über seine linke Schulter hingen ein paar funkelnagelneue Schlittschuhe der Marke Snowman.

Mona war nicht zufällig in der Wohnung von Frau Fritsch, denn irgendein Kleinwildjäger, das ist das genaue Gegenteil von einem Großwildjäger, hatte sie in der Wüste Namib mit einem Netz eingefangen, das an einem langen Stab befestigt war. Während Großwildjäger damit beschäftigt sind, gefährliche Tiere wie Löwen und Elefanten für irgendeinen Zoo oder ein Wildgehege zu fangen, fangen Kleinwildjäger, weil sie nicht ganz so mutig sind, Wüstenrennmäuse wie Mona, und stecken sie in einen Korb den sie mitnehmen. Nach einer weiten Reise war Mona in einer Zoohandland in der Schweiz gelandet, wo Frau Fritsch sie entdeckt hatte, und für fünfzehn Schweizer Franken gekauft hatte. Frau Fritsch wollte sie Ihrem Sohn Toni zu Weihnachten schenken. Doch Mona war nicht dumm und auch sehr neugierig, und hatte die Schachtel durchgeknabbert, in der Frau Fritsch sie transportiert hatte. Dann hatte sie geschnuppert ob die Luft rein war, war aus der Schachtel geschlüpft, direkt vom Regal in der kleinen Kammer gesprungen, und im Wohnzimmer zum Fenster gelaufen, wo sie jetzt vis-a-vis einem Schneemann stand, der vor Ihr auf dem Balkon hoch aufgerichtet, nach links in die Berge schaute. Die Augen waren aus großen runden Scheiben, die sie hier Puck nennen, und mit denen man beim Eishockey ein Tor schießen kann, und damit zwinkerte er Mona jetzt zu.

Mona verliebte sich auf der Stelle in den Eismann, und der Eismann hatte sein erstes Tor geschossen. So war die Begegnung der dritten Art perfekt. Mona hätte dem großen Kerl am liebsten einen Kuss auf die Nase gegeben, die aus einer gefrorenen Tomate bestand. Aber sie konnte sich gerade noch zurückhalten, sonst wäre sie gegen die Scheibe gesaust, die sie, die kleine Wüstenmaus von dem großen Kerl trennte, der aussah als würde er aus arktischem Schnee bestehen. Aber das täuschte nur, denn der Schnee war nicht arktisch, und der Schöpfer dieses Mannes aus Eis war kein anderer als Tom, Tonis Bruder. Der war nämlich ein begeisterter Eishockey Spieler und hatte den Schneemann als Garderobenständer für seine Sport Garnitur gebaut. Das kleine Wunder dieser Begegnung der dritten Art war, das der Eismann unter dem Blick von Mona, die Ihn verliebt anschaute ein warmes Herz bekam. Es schoss ihm plötzlich der Gedanke durch den Kopf, dieser kleinen Person auf zwei Beinen, die sich jetzt an der Scheibe die Nase plattdrückte zuzuzwinkern. Und dabei durchfuhr den Eismann ein warmer Strom in der Brustgegend, und so war es um beide geschehen.

Bald war Weihnachten und Toni bekam von seiner Mutter eine Wüstenrennmaus geschenkt, die er in einen Käfig sperrte, und auf die Fensterbank seines Zimmers stellte. Genau so, dass Mona, so nannte Toni die Maus, den Schneemann seines Bruders sehen konnte, denn Toni war aufgefallen, das seine kleine Maus oft wie verzückt den Kopf neigte, und zu dem kalten Kerl herüberschielte. Und manchmal hatte er den Eindruck, dass der Eismann sich bewegte und der kleinen Maus zuzwinkerte. Die Liebe der beiden dauerte einen ganzen Winter, und wir können daraus lernen, dass es manchmal einer Begegnung der Dritten Art bedarf, um das Herz eines Schneemanns zum Schmelzen zu bringen.

Zum Schluss einer solchen Geschichte lesen wir gewöhnlich, „und wenn sie nicht gestorben sind", aber das können wir uns bei einem Schneemann getrost sparen.

Kalle, der Schneemann aus dem Taunus

Eines Tagens im Winter bauten Tom und Jessy im schönen Taunus einen Schneemann, denn sie hatten Winterferien. Die Winterferien sind eine tolle Erfindung der Schulbürokraten, die dafür sorgt, das die Kinder und Ihre Lehrer keine kalten Füße bekommen, wenn im Winter der Schnee fällt und die Schulen schlecht beheizt sind. Also rollten Tom und Jessy im alten Römerkastell am kleinen Feldberg eine Kugel aus einem Schneeball, indem sie den Schneeball ganz fest zusammenpressten und dann im Schnee in einem immer größer werdenden Kreis herumrollten. Je größer der Kreis, in dem sie den Schneeball rollten, desto größer wurde auch die Schneekugel, bis diese schließlich so groß war, dass sie bis an Toms Hüfte heranreichte. Und das war etwa ein Meter hoch, denn Tom war schon zehn Jahre alt. Sie rollten die Kugel etwa in die Mitte des alten Römerlagers, und flugs machten sie nach demselben Verfahren eine zweite Kugel, die etwas kleiner war. Da die zwei allein waren, wussten sie nicht wie sie die zweite Kugel auf die erste stellen sollten, denn die war viel zu schwer, als dass Tom sie hätte tragen können, und selbst wenn die kleine Jessy mit anfasste, konnten die Zwei die Kugel keinen Zentimeter in die Luft heben. Also hatte Tom eine Idee, die ihm eine alte römische Gottheit direkt in den Kopf geflüstert zu haben schien. „Jessy, ich habs", sagte Tom triumphierend, „wir bauen eine Rampe wie die alten Römer". Gesagt, getan, bauten sie eine Rampe aus Schnee, wie es die alten Römer gemacht hätten, wenn sie nicht gerade einen Flaschenzug zur Hand gehabt hätten. Damit Ihnen der Schneeball nicht den Hang herunterrollte, machten sie eine Rinne in die Rampe, die sie an die erste größere Kugel anbauten. Dann rollten sie mit vereinten Kräften den kleineren Schneeball die Rampe hinauf, bis er auf der großen Kugel stand. „Der ist ja so groß wie Du, Tom", rief Jessy und klatschte begeistert in die Hände, die in zwei dicken blauen Handschuhen steckten, denn es war bitter kalt.

Sie klopften den zweiten Schneeball mit ein wenig Schnee auf der ersten Kugel fest, und fingen an dem Schneemann ein Gesicht und einen Anzug zu machen. Dazu rollten sie eine dritte Kugel, die kleiner war als die ersten beiden, und setzten diese ganz oben auf den Eiskerl. Die Augen waren zwei Steine, die Nase ein Zweig, und der Mund wurde aus zwei Tannenzapfen gemacht, die wie zwei Lippen aussahen. Schon hatte der Mann aus Eis einen Kopf und ein Gesicht, das sich sehen lassen konnte, zumindest für Schneemann- Verhältnisse. Der Mantel war weiß und eng anliegend, mit zwei Paar Taschen, die sie in den Schnee ritzten. Nur die Knöpfe waren rot, denn Tom hatte am Waldrand eine Futterstelle für Rehe gefunden, und eine angefrorene Möhre mit seinem Taschenmesser zu runden, roten Knöpfen verarbeitet.

Arme und Ohren aus Schnee bekam der namenlose Eismann auch, Jessy die Kleinere baute die Arme, und Tom der Größere passte ein paar Ohren an das Gesicht an. Leider gerieten Ihm die Ohren etwas zu groß. „Der hat ja Fliegerohren", frotzelte Jessy und kicherte. „Na wenn schon", erwiderte Tom. „Er wird uns nicht gleich davonfliegen". Aber auch ein zehnjähriger Tom kann sich manchmal irren.

Das Erstaunliche passierte in der Nacht, und keiner hatte gesehen, wie es passiert war. Doch am nächsten Morgen war der Schneemann verschwunden.

Als Tom und Jessy am Römerkastell vorbeikamen, war Kalle, so hatten sie Ihren Schneemann genannt, schon längst über alle Berge. Und keine Spur im Schnee verriet wie Kalle abhanden gekommen war. Die Sache blieb ein Rätsel. Auch der Mutter von Tom und Jessy fiel nichts dazu ein, und es war nicht einfach für die beiden, ihre Mutter Ann zu überzeugen, dass Kalle genau hier gestanden hatte. Die Kinder indes rätselten den ganzen Tag, wie Kalle es geschafft haben mochte, von dort wegzukommen. In dem Gewimmel von Spuren, die ganz sicher von Ihren Winterstiefeln stammten, hatten sie keine fremden Fußtritte gefunden, die das Phänomen erklären konnten. Sie erklärten jeden Montag, der dem Tag folgte, an dem Kalle gebaut wurde zum Kalle- Gedenktag, und lagen Ihrer Mutter noch zweit Tage mit Vermutungen und Beschwerden, über das nächtliche Verschwinden Ihres Schützlings in den Ohren.

In der Nacht von Montag auf Dienstag war Kalle erwacht. Es ist recht ungewöhnlich, dass ein Schneemann zu Bewusstsein kommt, aber bei großer Kälte kann so etwas passieren. Und in der Nacht hatte das Wetteramt am kleinen Feldberg eine Temperatur von Minus 26 °C gemessen. Und das war Kalle entschieden zu kalt gewesen. Er war aufgewacht und hatte beschlossen, einen wärmeren Standort aufzusuchen. Es knirschte ganz gewaltig, als er sich von seinem Standort losstemmte. Ein aufkommender eisiger Wind half Ihm dabei. Er hielt seine Arme und Ohren in den Schneesturm und steuerte die Richtung durch leichte Körperdrehungen seiner weißen kugeligen Gestalt. Er war recht lange unterwegs, etwa bis vier Uhr am Morgen. Und er legte eine erstaunlich lange Strecke zurück in dieser Zeit. Aber es ging immer bergab, und so konnte er sich treiben lassen. Und weil in dieser Nacht kein Auto unterwegs war, hatte er die spiegelblank gefrorenen Landstrassen für sich allein. Nicht auszudenken was passiert wäre, wenn Kalle mit einem Auto im Schneesturm kollidiert wäre. Er rutschte vorbei an Bäumen, Wäldern und Bächen, immer die verschneiten Wege entlang, bis er auf die etwas breitere Landstrasse gelangte, wo Ihm der Wind ganz besonders um die Ohren pfiff. Wenn es Tag gewesen wäre, hätte er sehen können, dass er sich auf die große Stadt zu bewegte, am Fuße des Taunus. Er hätte die Hochhäuser der Banken sehen können, in denen an einem Tag so viele Cent verbucht werden, wie es in einer Nacht Schneeflocken schneit. Das hätte Ihn sicherlich interessiert, aber Kalle konnte im Dunkeln bei diesem Schneesturm von all dem nichts sehen. Er schlidderte die Straßen entlang bis zu einer Brücke, die einen Fluss überquerte, wo er auf einer verschneiten Wiese anlangte, und sich in ein paar Ästen verhedderte. Er befand sich am Rande der großen Stadt, am Fuße des Taunus bei einem Flussufer. Er beschloss zu bleiben. Unter dem Eis hörte er das Wasser rauschen: „Du bist doch Nie Da, Nie Da" gurgelte es unter dem Eis. „Doch", sagte Kalle „Ich bin da, und der Fluss ist die Nidda", und weil er sich auf der Wiese verheddert hatte, nannte er sein neues Zuhause „Heddernheim".

Als Tom erwachte, rieb er sich den Schlaf aus den Augen. Er sprang aus seinem Bett, lief zu seiner Schwester Jessy und rief: „Jessy wach auf, ich habe von Kalle geträumt". Jessy richtete sich in Ihrem Bett auf. Sie war noch ganz verschlafen, „Was hast Du denn geträumt?" wollte sie wissen. „Kalle ist es zu kalt geworden in der Nacht, und da ist er an die Nidda geschliddert, und steht jetzt auf der Wiese an der Brücke". Jessy und Tom beschlossen nach dem Frühstück an die Nidda zu gehen und nachzusehen.

Nachdem sie mit Ann gefrühstückt hatten, sagten die beiden, sie hätten etwas Wichtiges auf der Wiese an der Nidda zu erledigen. Ann war einverstanden, denn bis zur Nidda war es nicht weit. Die zwei waren vorsichtig und zogen schon manches Mal alleine los. „Nimm Dein Handy mit Tom, und geht nicht ans Wasser" sagte Ann. Tom versprach nicht ans Wasser zu gehen und steckte sein Handy ein. Er und Jessy zogen sich die Mäntel, Handschuhe und einen Schal an, und liefen los. Von der Römerstadt ging es an die Nidda, da wo vor vielen hundert Jahren der alte Römerhafen war. Als sie auf der Wiese ankamen, trauten sie Ihren Augen nicht, denn dort stand Kalle, der Kerl aus Eis mit seinen Segelohren und den roten Knöpfen. Es war höchst erstaunlich, das war wirklich Kalle, Ihr Kalle, ganz ohne Zweifel. Und als die beiden genauer hinsahen bemerkten sie, dass Kalle einen Schneebesen mit langen Borsten in der Hand hielt, so als wolle er den Schnee ein wenig zur Seite fegen.

Kalle auf dem Eis

Da stand der Schneemann Kalle nun, an der Brücke am Fluss, unter dessen Eis es immerzu „Nie Da, Nie Da" gurgelte und den Kalle flapsig „Nidda" getauft hatte. Die Schöpfer des Schneemanns Kalle mit seinem mysteriösen Eigenleben, Jessy und Tom genossen Ihre Ferien in vollen Zügen, und hatten sich heute etwas ganz besonderes für Ihren Schützling überlegt. Sie hatten sich vorgenommen Ihrem Schneemann das Eislaufen beizubringen. Nach dem Frühstück mit Ihrer Mutter Ann, schlüpften beide in Ihre wärmsten Klamotten und warfen sich ein paar Schlittschuhe über die Schultern. Tom holte den Schlitten aus dem Keller, und nachdem sie Ann hoch und heilig versprochen hatten, nur auf den freigegebenen Eisflächen am Niedwald zu laufen zogen sie los.

Es ging zuerst zur Brücke. Da stand Kalle, ihr Schneemann und funkelte in der Sonne mit den Augen, dass es nur so blinkte. Mit vereinten Kräften gelang es Ihnen Kalle vom gefrorenen Boden loszureißen, und ihn auf den flachen Tellerschlitten zu schieben. Dann ging es eigentlich ganz einfach. Tom zog den Schlitten vorn am Band und Jessy hielt Kalle in der richtigen Balance. So ging es auf den verscheiten Wegen die Nidda entlang. Es kamen Ihnen einige Spaziergänger entgegen, die sich wunderten einem Schneemann zu begegnen, der sich in so netter Gesellschaft zweier Kinder befand. Die Zwei ließen sich nichts anmerken, und erklärten auf Nachfrage, dass Ihr Schneemann Kalle hieß und sich bewegen konnte. Dann schmunzelten die Leute, denen sie begegneten, denn die hatten ja keine Ahnung, welche Fähigkeiten in Kalle steckten. Nur die Kinder wussten aus Erfahrung wozu Kalle imstande war.

Nach einer guten Weile und einer gehörigen Schufterei, hatten sie den Niedwald erreicht, wo von der zugefrorenen Nidda ein Seitenarm abzweigte, der zum Eislaufen freigegeben worden war. Es war dort ein Schild aufgestellt, auf dem zu Lesen war: „Eisfläche freigegeben, Benutzung auf eigene Gefahr". Hier zogen sie Ihre Schlittschuhe an und gesellten sich zu den anderen Läufern, die auf dem Eis unterwegs waren. Kalle indes, sah Ihnen vom Ufer aus zu, denn Schneemänner haben für gewöhnlich keine Schlittschuhe. Als sich die Eisfläche etwas leerte beschlossen die Zwei, Kalle mit aufs Eis zu nehmen. So zogen Sie den Tellerschlitten, auf dem sich Kalle befand auf Eis, und zogen Ihn beim Eislaufen hinter sich her. Kalle schien das ganz gut zu gefallen, nur in den Kurven schaukelte er bedenklich auf dem Schlitten hin und her.

Nach einer Weile bekamen sie Hunger und liefen in die nahe gelegene Gaststädte, um sich eine Wurst und ein Brötchen zu kaufen, wobei sie Kalle auf dem Eis zurückließen. Kalle bekam später ein paar Krümel, die übrig geblieben waren, was zur Folge hatte, dass sich die Vögel sehr für den Schneemann zu interessieren begannen. Die fanden bei der Kälte kaum noch etwas zu beißen und pickten dem Schneemann die Krümel aus dem weißen Mantel, wobei sie sich um die dicksten Brocken stritten. Kalle war geduldig und ließ alles über sich ergehen, und lernte dabei allerlei Vogelarten kennen. Plötzlich kam eine Krähe daher, die das ganze beobachtet hatte, stürzte sich kopfüber auf den Schneemann, und riss Ihm einen Knopf vom Mantel. Wenn Tom die Krähe nicht verscheucht hätte, wäre noch mehr als einer der Karottenknöpfe, dem Angriff zum Opfer gefallen.

Kalle lernte Kohlmeisen, Rotkehlchen und Möwen kennen. Den interessantesten Vogel aber sah er nur für einen kurzen Augenblick, aus einem Augenwinkel. Es war ein blauer kleiner Vogel der pfeilschnell in ein Eisloch am Rad des Gewässers eintauchte, und mit einem Fisch im Schnabel wieder auftauchte. Weil er so blau war, wie das dicke Eis über dem Wasser nannte Kalle den Vogel „Eisvogel".

Jessy und Tom begannen zu frieren, und beschlossen zurück nach Hause zu gehen. Weil sie den Schlitten nicht zurücklassen wollten, schoben sie Kalle auf das Eis und steckten ihm zwei gerade lange Zweige als Schlittschuhe unter seine dicke Schneekugel.

Tom war der Meinung, dass Kalle in der Lage war alleine auf dem Eis zu fahren, denn schließlich war er ja auch ganz allein vom kleinen Feldberg im Taunus an die Nidda gekommen. Und einem Schneemann der eine solche Strecke zurücklegt, kann man auch zumuten alleine zur Brücke an der Nidda zurückzufahren. „Vielleicht steht er morgen schon wieder an seinem alten Platz", sagte er zu Jessy, „Du wirst schon sehen ". Jessy war sich da nicht so sicher und warf Kalle einen kritischen Blick zu. Doch der schien tief und fest zu schlafen, und von all dem Trubel um ihn herum überhaupt keine Notiz zu nehmen, so wie es sich für einen echten Eiskerl gehört.

Kalle dachte nicht daran, an seinen Platz an der Brücke zurückzukehren. Auf der Nidda mit seinen neuen Schlittschuhen zu laufen, das konnte er sich schon vorstellen, dass wäre ein Spaß, aber er wollte sich auch noch ein wenig umsehen, wenn es dunkel würde. Das nahm er sich fest vor, als die beiden Kinder ihm aus der Ferne noch einmal zuwinkten.

Kalle und die Fische

Als Kalle, der Schneemann aus dem Taunus eine Weile lang an der Nidda gestanden hatte, wurde es dem weißen Kerl langweilig, und Kalle beschloss ein wenig auf Wanderschaft zu gehen. Was lag da näher als die Nidda entlang zu schlindern, die zugefroren war, weil es schon mehrere Tage so unglaublich kalt war, dass selbst manche Autos am Morgen nicht mehr anspringen wollten. Also machte Kalle sich los. Wieder knirschte es gewaltig als er seine untere Schneekugel die im Gehedder von Heddernheim festgefroren war, von der gefrorenen Wiese löste. Er ließ sich an das Ufer der Nidda gleiten und betrat das Eis über dem Fluss. Als erstes sah er sein Spiegelbild im Eis. Die Augen aus Stein, den Stock, der seine Nase war und die Segelohren, die Ihm geholfen hatten vom Taunus bis an die Nidda zu gleiten. In Tom's Traum natürlich (Ihr erinnert Euch bestimmt), denn wie Kalle wirklich an die Nidda kam, das bleibt sein Geheimnis. Er sah auch die roten Knöpfe, die in anblinkten. Und er sah noch etwas, was Ihn sehr erstaunte. Unter dem Eis, das dick und fest über dem Fluss lag, und durch das Kalle hindurch sehen konnte, sah er Fische im Wasser treiben. Er sah große und kleine, dicke und dünne Fische unter Ihm in der Tiefe schwimmen. Kalle rief den Fischen zu, „Hallo, wie geht es Euch da im Wasser, Ich bin Kalle". Aber die Fische antworteten Kalle nicht, glotzten Ihn nur an und schwammen weiter Ihre Bahnen. Wenn er genau hinsah dann konnte er verschiedenen Farben sehnen. Rote, grüne und orange Farbtöne ließen sich in den beschuppten Wesen erkennen, wenn die Sonne auf die schwimmenden Körper strahlte, und ein Teil des Lichtes von den Schuppen wie in einem Spiegel zurück geworfen wurde. Der Schneemann täuschte sich hier nicht, denn obwohl das trübe Wasser die Fische alle graubraun aussehen lässt, sind diese in Wahrheit eigentlich recht bunt, so wie die Bachforelle oder der Giebel, der ein Verwandter des Goldfisches ist. Diese bunten Fische hatten es Kalle besonders angetan. Nicht so bunte Fische bekam Kalle auch zu sehen, wie etwa das Moderlieschen oder den Stichling.

Als er dem Treiben der Fische eine Weile zugesehen hatte, bemerkte Kalle, dass die Fische sich mit der Strömung flussabwärts bewegten, und so folgte er Ihnen schlindernd über das Eis. Nach einer Weile kam er an einem Reiher vorbei, der ziemlich missmutig zu dem Schneemann herüber schaute. Kalle stellte sich höflich vor und fragte, „ Hallo, lieber Vogel, warum stehst Du auf einem Bein, und warum hast Du so eine schlechte Laune?" „Das sieht doch jeder Storchenschnabel", entgegnete der Graureiher. „Der Fluss ist zugefroren und die schönen dicken Fische, die ich über alles liebe, zeigen mir die kalte Schulter. Ich bin schon ganz grau vor Hunger!"

Kalle wusste nun warum der Graureiher heute besonders grau war, und warum er schlechte Laune hatte. Warum der allerdings auf einem Bein stand, konnte sich Kalle nicht erklären, und ob er das Bein manchmal wechselte, auf dem er stand, war für den Schneemann auch nicht zu erkennen. Jedenfalls war der Reiher entscheidend anders gebaut als ein Schneemann. Soviel stand fest. Der Reiher hatte Recht dachte Kalle, die Fische waren unter dem Eis sicher und konnten es sich erlauben vor dem hungrigen Reiher in munteren Manövern vorbei zu flottieren.

Nachdem Kalle an dem Reiher vorbei, etwas weiter Fluss abwärts geschliddert war, war es plötzlich aus mit der Wanderung zur Verfolgung der schönen Fische. Kalle war nämlich an einem Wehr angelangt, das in dem Fluss wie eine Mauer aufragte. Das Eis wurde nun immer dünner, und über die Mauer stürzte das Wasser mehrere Meter in die Tiefe. Beinahe wäre Kalle bei seinem Weg über die Nidda in dem nun immer dünner werdenden Eis eingekracht und im Wasser elendig ertrunken. Aber auch die Fische hatten keine Lust im Wasserfall nach unten zu stürzen, und die Fischtreppen an den Seiten waren eingefroren. Also folgte der schliddernde Schneemann dem Bogen den die Fische unter dem Eis nun zur Seite hin schlugen, und konnte sich mit knapper Not ans Ufer neben dem Wehr retten.

Dort könnt Ihr heute noch im Winter den Kalle sehen, wie er am Ufer steht und den Fischen nachsieht, die tief unter dem Eis mit Ihren schönen bunten Schuppen verlockend glitzern. Und wenn mich nicht alles täuscht, dann würde ich wetten, dass der Kalle auf der verfrorenen Wiese von einer munteren bunten Bachforelle träumt, der er in dem Winter gefolgt ist, als es so kalt war, dass selbst die Nidda zugefroren ist.

Mit dem Rad vor die Wand; Bo Bike

Mit dem Rad vor die Wand; Bo Bike